AF291133

Lill Karlsson

Vem är du

Del 2

Drama/spänning

Foto: Lill Karlsson
Omslag: BoD – Books on Demand, Stockholm, Sverige
Förlag: BoD – Books on Demand, Stockholm, Sverige
Tryck: BoD – Books on Demand, Norderstedt, Tyskland

ISBN 978-91-8080-028-0

Kapitel 1

"Du ska dö. Du ska dö", viskade rösten envetet. Vibrationen i rösten stegrades.

Hon värjde sig, ville inte höra, men rösten var obarmhärtig. Ett ansikte trädde fram ur en dimma och förvred ansiktet på personen. Hon såg vem det var. Daniel, hennes man.

"Du ska dööö", ekade rösten lägre.

"Daniel, du ska dööö. Du ska dööö", viskade Åsa halvt i sömnen.

Hon vaknade med ett ryck. Andningen kom stötvis. Det var inte första gången dessa ord kom till henne. Genomsvett kikade Åsa ut i tystnaden. De virkade spetsgardinerna hängde vackert i fönstret. Solen började gå upp. Hon rörde sig försiktigt. Inga betongväggar i fängelset bara söta rosentapeter hemma hos mamma på landet. Långsamt pustade hon ut.

Åsa hade kommit tillbaka till Sverige ett par dagar tidigare. Bodde tillfälligt hos sin mamma med man cirka sju mil från Göteborg. Vägen hette Holmängsväg, den sträckte sig från Gräfsnäs och hade sina avstickare. Området var ett jordbruks och skogsområde. Deras stuga låg vid sjön Anten. En eka var förankrad vid en liten brygga som gick ut från deras tomt. Som barn cyklade Åsa och hennes syster Berit ofta från farmors torp som låg bortanför vägen inne i skogen. Stigar från skogen gick ut mot vägen. Fulla av liv som barn ska vara cyklade de överallt och badade ofta i sjön.

"Till världens ände", sa hon högt och log. Farmors ord om vägen till och från torpet i skogen. "Undra om det inte var farmorsmors torp. Fridfullt", viskade Åsa. "Jag måste gå dit och titta."

Leendet försvann. Klockan sju på morgonen undrade hon om hon någonsin skulle bli sitt gamla jag. Kunde fridfullheten hemma hos mamma i Sverige möta hennes själ. Varje natt hade hon sovit oroligt. I drömmarnas värld pratade hon ständigt engelska. I drömmarnas värld var hon kvar i fängelset i Australien.

Oförtrutet värkte kroppen av stress över de fem åren som varit, men värst var saknaden efter barnen. Hennes man Daniel lurade henne ända in till helvetet, där hon blev nedtrampad och insparkad i ett fängelse. Därefter förintad i Australien. Han betalade någon för att mörda henne, sin fru, Åsa Berndtzon. Varför såg hon inte vad som var på väg att ske? Varför hatade han henne så mycket? Frågorna som helt avtog i fängelset hade förstärkts sedan hon kom hem. I var och varannan mening fanns tankarna på honom. Honom. Mannen. Daniel. En person Åsa en gång hade älskat högt, men hatade mer än allt annat. Innan allt hände var hon en bra mamma och fru. En kvinna som arbetade hårt. Älskade sitt arbete. Älskade sina barn, sin familj, livet. Alla tyckte hon var vänlig och hon ställde alltid upp. Ilskan inom henne växte och hon fick svårt att andas. Aldrig hade hon sagt ett enda elakt ord om någon.

För att få ut ångesten skrek hon högt i kudden. Andningen lättade. Saknaden efter det liv hon en gång hade haft i Göteborg var som djupa sår i kroppen. Lyckligt gift med Daniel och deras tre fina barn. Det livet var ett minne blott. Fem år utan sina älskade barn som då var i åldern tio, sju och sonen var bara tre år. Under dessa år hade de växt. Han stal dessutom hennes bästa år. Det gjorde smärtsamt ont att andas.

Fängelset i Australien tvingades hon bli hård för att överleva. Hennes personlighet förändrades. Vänligheten försvann. Hårdheten byggdes upp som pansar runt kropp och själ. Läste allt hon kunde bland annat om psykologi, datorer, men också geografi och droger. Givetvis allt annat som hon hade nytta av. Intelligensen växte med allt lärande. Kallt lärde hon sig hur kvinnor agerade. Hemma i Sverige hade den tidigare versionen av vänliga Åsa börjat ge sig till känna. Den var på väg tillbaka med större kraft. Det tog på hälsan att vara tuff och alltid se sig om. Trots tryggheten i mammas och Sörens hus kändes livet värre än någonsin.

En varm hand lades på hennes rygg. Genast slängde hon sig runt med kudden mellan sig och angriparen. Benen var i luften för att sparka.

"Det är mamma. Du är hemma hos mig i mitt torp utanför Gräfsnäs. Herregud, vad rädd jag blev. Du pratade högt. Jag blev orolig", sa mamma stötvis med handen på bröstet.

"Förlåt, du tog på mig. Plötsligt var jag i fängelset igen. Jag drömde. Drömmen väckte mig. Den ville säga mig något. Personerna bad högt tills jag vaknade."

"Vad är det du säger? Vem? Jag har inte hört några röster. Det måste ha känts skrämmande."

"I drömmarnas värld var det någon som ropade att jag skulle dö. Jag får inte dö. Jag måste skydda mina barn." Åsa blev tyst för någon sekund. "En tjock dimma flöt runt en person. Ett mansansikte trädde fram. Daniels. Jag mumlade faktiskt att det var han som skulle dö."

"Det hoppas jag verkligen att han gör."

"Du darrade på rösten", fnissade Åsa högt. "När jag har fått hem mina barn då får han dö."

Med händerna greppade hon ett tag om sin mamma. Ögonen lyste av vanvettig lycka. När hon såg sin mammas chockade ansikte slappnade hon av.

"Du gör mig rädd."

"Du behöver aldrig vara rädd för mig, mamma. Jag har mycket att bearbeta. Ibland glömmer jag mig och är kvar i fängelset. Kan du göra i ordning kaffe? Jag ska ta på mig. Efter kaffet tar jag en joggingtur."

Genast skyndade mamma nerför trapporna. Åsa Berndtzon, som numer hette Lisa Johansson, bytte om till joggingkläder. Med försiktiga steg gick hon ned till bottenvåningen. Trappstegen knarrade här och där. Lisa memorerade varje steg. Gick upp igen och kontrollerade vilka trappsteg som knarrade. Varför visste hon inte. Kanske för att lyssna och lära. Få in saker i det undermedvetna. I Singapore kommer det att bli en kamp om barnen.

Sören, mammas man, drack sitt kaffe i köket.

"God morgon", sa han och log vänligt.

"God morgon. Berättade mamma om min dröm?"

"Nej, berätta."

Återigen berättade hon den konstiga drömmen och vad hon själv hade mumlat. Då såg hon ett djupt leende hos honom.

"Det låter helt underbart. Givetvis är orden riktade mot honom. Du har gått igenom ett helvete. Nu är det hans tur att skåda och gå igenom skärselden."

Båda skrattade högt av sina elaka ord. Deras blick hamnade på Siv, Åsas mamma stod likblek och tittade på dem. Då blev de tysta.

"Tänk om Åsa skulle dö - igen. Lisa, menade jag. Min dotter har varit borta i fem år. Nu tänker hon åka till Singapore och få med sig barnen hem till Sverige. Det kommer att bli ett helvete. Jag vill inte att min dotter eller mina barnbarn dör", viskade hon skrämt.

"Oroa dig inte. Vi tar en dag i sänder. Sörj din dotter som dog i Australien. Jag är din väninna, mamma. Tusan också. Det här kommer bli svårt." Hastigt reste hon sig och gick till sin mamma. Kramade henne länge. "Tack för allt. Jag älskar dig, mamma", viskade hon med tårar i ögonen. "Vad händer i världen idag, Sören? Vi kanske skulle börja med Sverige", sa Lisa och log vänligt.

De fortsatte prata om händelser i närtid och runt om i Sverige.

"Jag förstår att du inte tänker bo kvar här länge till. Tänker du göra i ordning din farmors torp?"

"Ja, skönt att torpet ligger tio minuters joggingtur härifrån. Apropå torpet. Ifall det händer mig något har jag skrivit ett papper på att torpet ska tillhöra min syster och mina barn. Igår ringde jag min gamla chef och frågade om jag fick ha honom som referens när jag sökte arbeten. Han skulle ordna ett betyg till mig under namnet Lisa Johansson. Den första tiden tänkte jag arbeta extra som ekonom. En del jobb kan göras på distans."

"Det är fem år sedan du arbetade som revisor", sa Sören vänligt.

"Jag läste på om förändringar och skatter i Australien, men här hemma måste jag läsa på om nyheter i branschen och nya lagar. Det får bli lite senare."

"Tänk om din tidigare chef berättar för någon om dig."

"Nej, min chef hade en stark integritet och pratade aldrig om någon kollega. Jag litar på honom."

"Varför ringde du honom?" frågade Sören intresserat.

"Jag lovade höra av mig när jag kom hem. Vi diskuterade allt som hänt från jobbet till Bangkok och senare Sydney. Vad som hände med Viktoria, narkotikan och speciellt min man. Givetvis berättade jag om fängelset i Australien. Historien slutade med att Åsa blev mördad och begravd i Australien. Från fängelset skrev jag till honom och en datorkille, de hjälpte mig med tanke på Ekobrottsmyndigheten. Jag tackade dem av hela mitt hjärta. De hittade graverande uppgifter som riktades direkt mot Viktoria. Hon som var min vän."

"Hemskt att inte kunna lita på sin man eller sin väninna. Jag är överlycklig att du äntligen har kommit hemma." Det blev en stunds tystnad runt bordet. "Lisa, jag förstår att du tänker på dina barn. Berätta inte för mig vad du tänker göra i framtiden. Jag blir oerhörd stressad. Australien gick ut med att du var mördad. Det visade sig att dina barn hade fått medborgarskap i Singapore. Du kan inte bara ta ut dem från Singapore eller ta in dem till ett nytt land."

"Jag har en del jag måste jobba på."

"Som vad?" frågade de äldre samtidigt.

"I Singapore ska jag försöka få ett arbete på den engelska skolan. Jag är duktig i matte, ekonomi, engelska och geografi. I närheten av skolan kan jag skaffa mig ett billigt boende och äta billigt. Nästa steg blir att lära känna mina barn."

"Daniel kommer att få syn på dig."

"Jag lär känna dem som en lärare. På rasterna kan jag prata med eleverna. Jag färgar håret svart, bruna kontaktlinser och glasögon. Tror ni att jag kan smälta in i Singapore?"

"Ja, det skulle du klara. Du är kort och smal", sa Sören. "Bo in dig i några veckor. Lär dig att hitta. Åk vanliga kommunikationer. Börja cykla eller åk moped. Hitta överallt. Tänk på att Singapore är ett dyrt land. Kolla upp billiga restauranger. Åk eller gå förbi skolan", sa Sören tankfullt.

"Du har helt rätt. Först undersöker jag engelska skolor i Singapore. Spelar ingen roll var jag får jobbet. Senare kanske jag kan söka lärarjobb där barnen går i skolan. Givetvis måste jag ha arbetsvisum. Bor jag in mig kan jag hitta och anpassa mig fortare. Jag måste ha betyg från lärarhögskolan. Det glömde jag av."

"Din pappa gick i pension för ett år sedan, men arbetar extra. Han sa att han behövde pengar till sina projekt. Bland annat hjälpa sina barnbarn."

Åsa tittade först ned på bordet sedan på de äldre. Tårarna steg i ögonen.

"Pappa sa att han levde upp när han letade efter sina barnbarn och hjälpte mig."

"Din pappa har inte mått så bra på länge. Enligt honom har han fått nytt liv efter pensionen. Han vill hjälpa dig. Nu har han frihet och kan han göra vad han vill", svarade Sören vänligt. "Hur länge tänker du förkovra dig innan du åker till Singapore?"

Plötsligt sken Åsa upp.

"Jag behöver nog ett halvår på mig. Det är mycket planering inför det som komma ska. Jag ska träningscykla här i skogen, där finns gupp, håligheter och kurvor. På vissa sträckor går det att cykla fort. Det gäller att ha balans. Träna. Jogga. Komma i form. Dessutom ska jag hyra en moped och övningsköra med." Lisa log stort.

"Glöm inte att köpa svart hårfärg till dina ljushåriga barn. De måste smälta in när ni flyr."

"Ja, just det. Jag måste komma på hur jag ska få ut dem ut från Singapore."

"Skulle du inte utbilda dig till bilmekaniker?"

"Jo, mamma. Jag tänkte börja på kursen nästa månad, men jag hinner inte gå färdigt. Det är bara vissa färdigheter som jag behöver."

"Vad ska du med färdigheter till? Du kör bil bra."

"Jag har inte kört bil på fem år, men jag måste kunna reparera en cykel, moped eller en bil. Eller tjuvkoppla en bil ifall jag har barnen och vi måste sticka fort."

"Tjuvkoppla? Åker du fast får du sitta i ett helvetesfängelse. Mycket värre än i Australien. Hur hade du tänkt få ut barnen från landet? Tror du att Daniel lämnar ut deras pass till dig. Tänk efter, Lisa. Landet Singapore är inte stort, men de har över fem miljoner invånare. Landet gränsar till Malackasundet och Sydkinesiska havet. Runt om finns andra länder och mängder av mindre öar. Många bevakar sitt territorium. Hur ska du kunna fly?"

Åsa tittade kärleksfullt på sin mamma som frenetiskt tuggade på sitt tuggummi. Siv hade kört fingrarna igenom sitt korta hår ett antal gånger. Nu stod håret rätt upp.

"Ditt hår ser tufft ut."

"Varför pratar du om mitt hår?"

"Du är fin i håret", lade Lisa till. "Man får inte tugga tuggummi i Singapore om det inte är för medicinskt bruk. Tandläkare och apotek säljer sådant. Vid övergångsställen får man absolut inte gå när det är röd gubbe. Nedskräpning ger höga böter. Jag måste säga till pappa angående rökning, han får inte ens låtsas röka. Förbjudet i vissa områden. Ja, jag har läst på."

"Vad kan du mer?" frågade Siv oroligt.

"Singapore blev självständigt 1965. Det är ett rent land allt från utsläpp och nedskräpning. Korruptionen är väldigt låg. Undra hur det kommer sig att Daniel lever där. Dessutom har han en bil. Det är nämligen dyrt att ha en egen bil. Huvudstaden heter Singapore City, de har en stor blandad befolkning. Den dominerande befolkningen är kineser. Landet har multireligion, som inbegriper de flesta religioner. De kallas för singaporianer." Åsa räknade upp några öar samt att det var runt sextio öar runt Singapore. "De är verkligen stora inom ekonomi. Changi Airport är världens bästa och vackraste flygplats. Landet gränsar till Malaysia som ligger närmast och även Indonesien."

Åsa kände sig stolt över vad hon kunde. Häpet stirrade Siv på sin dotter.

"Du, du måste väl kunna mer än det där", viskade hon.

"Som kallast är det tjugotre plusgrader, men temperaturen ligger runt trettio. Jag är förberedd, men planer blir inte alltid som man tänkt sig. Det är därför jag måste ha olika scenarier. Ni kan hjälpa mig med det. Jag behöver också prata med polisen i Australien, han som hjälpte mig. Här i

Sverige ska jag ta kontakt med en advokat. För barnens skull och för att få in dem i landet. Daniel förfalskade att han var förmyndare över barnen. En advokat måste samtala med den som gav dem medborgarskap. Fungerar inte det behöver jag ha en båt i beredskap. En som kan ta oss ut från Singapore till öppet hav. Båten behöver ha en stark motor och måste ligga vid en kaj där jag snabbt kan nå den. Jag låtsas åka ut på en fisketur. Då får vi en möjlighet att sticka utanför Singapores territorium."

"Kan du framföra en större båt? Om Malaysia ligger så pass nära kan Daniel och ligan ha kontakter där. Ligan kanske till och med utgår därifrån. Säkert finns det många som är korrumperade. I Singapore lever han ett lugnt liv. En bra affärsman gillar alla."

"I trygghet. Ett vanligt liv, men ett mycket bättre liv. Menade du så, mamma? Angående båtar kan jag bara använda mig av en eka. Utan motor", muttrade Åsa.

Åsa nämnde inte att polisen i Singapore numer hade ögon på den blonde. En förbjuden och farlig tanke talade till henne. När Daniel åkte från Singapore kunde hon skugga honom. Bevis var viktiga. Med bevis kunde hon hjälpa polisen i Singapore och få Daniel fälld. Eftersom han hade förfalskat handlingarna kanske barnen fick lämna landet. Andningen gick för fort. En yrsel gjorde sig påmind.

"Ja, i Singapore bor han för sin trygghet", svarade till slut Siv och avbröt Lisas tankar.

"Bra. Låt honom tro att jag är mördad och låt honom känna en falsk trygghet."

"Jag har några enkla idéer", sa Sören lugnt. "Vi skaffar mer säkerhet runt vårt hus. Gör likadant i ditt torp, Åsa. Lisa. Ifall Daniel har koll på oss och vad vi gör."

"Varför skulle han ha koll på oss? Min dotter Åsa är död. Vi har sagt till våra grannar att Lisa är min väninna. Varför skulle han åka en timma från Göteborg? Så vitt jag vet är han fortfarande i Singapore."

"Mamma, jag måste börja kalla dig för ditt namn." Åsa sträckte fram sin hand. "Hej Siv, det är alltid lika trevligt att träffas", log Lisa ljuvligt.

Automatiskt tog Siv fram sin hand.

"Hej Lisa", fnissade hon. "Trevligt att ha en ung väninna. Vi har tydligen träffats i skogen på våra vandringar. Du är en av de vackraste kvinnor jag har mött."

"Åh, mam, Siv, vilken underbar kontakt vi fick."

"Varning måste gå ut till våra mobiler och datorer", fortsatte Sören sin tankegång. "Jag är fullkomligt säker på att Daniel ofta är i Sverige på jobb. Lika säkert vill han kolla upp sin exfrus familj med tanke på hämnd. Så tänker Daniel. Trodde inte polisen att Skandinavien var ett av hans arbeten?"

"Jag har inte sett honom här i våra trakter", sa Siv och svalde hårt.

"Inte honom, mamma, men hans kriminella vänner. Kommer Daniel till Göteborg ska jag leta upp honom. Skugga honom och ta foton på idioten. Dessa ska polisen få", muttrade Lisa dovt. "

"Tror inte du att han har livvakter med sig?"

"Det här var bara tankar. För hur ska jag få reda på när han kommer till Sverige. Jag minns för länge sedan när jag var och handlade till barnen och till min resa. I en affär såg jag Viktoria och Daniel, de stod och pratade. Ett avgasrör smällde till i närheten. Daniel kollade på en man som genast såg sig runt. Givetvis har han livvakter."

"Han har säkert en billig övernattningslägenhet i Göteborg, Stockholm och övriga huvudstäder i Skandinavien."

"Enklast är det väl att bo på ett hotell."

"Jag tror på en mindre lägenhet där kan han känna sig anonym. Någon annan står för lägenheten", sa Sören eftertänksamt. "Det sägs att man ska tänka som en kriminell. Det var tur att du var naiv och trodde gott om honom. Du överlevde kanske på grund av det."

Lisa ryckte till. Länge stirrade hon rätt in i väggen.

"Är det naivt att tro gott om dem man älskar, Sören? Jag sticker ut på min joggingtur." Hon stannade och vände sig om. "Tack för allt. Ni är enastående", sa Lisa med värme i rösten.

Sören nickade. Mamma vinkade och log.

Under skogsturen och i stillhet vandrade gamla tankar in från fängelsetiden och malandet började om. Hon andades djupt flera gånger. Försökte koncentrera sig på annat, men det hjälpte inte. När hon väl var hemma i Sverige trodde Åsa att hon kunde starta från noll. Tömma hjärnan på allt som hade hänt. Stressen över all viktig planering var värst. Det gjorde att allt kom tillbaka från händelsernas början. Den ökade som i en orkan. En stor mossbeklädd sten stätade mitt i skogen. Hon ramlade ner på stenen. Märkte inte värmen från augusti månads solstrålar.

Minnena gick tillbaka. Viktoria, var en kollega och väninna, som hon hade känt i ett halvår. Stämningen hemma kändes annorlunda. Hårda ord mellan Daniel och henne själv. Stress. Ofta huvudvärk. Något pågick runt henne och hon kände sig pressad. En dag blev Åsa inkallad till chefen om ett program i datorn på jobbet. Pengar försvann från allas lönekonton, några tior upptill en hundralapp per konto samt en stor del av momsen. Skulden pekade direkt på Åsa. Samtidigt planerades en resa för Åsa och Viktoria. Helst ville hon inte, kände att Daniel och Viktoria planerade över hennes huvud. Daniel var hela tiden irriterad på ett fult sätt. Resan fixades av dem. Den skulle gå via Bangkok i fyra dagar och sex dagar i Sydney. Chefen gav henne tillåtelse till semestern.

En helg i november åkte Åsa hem till sin mamma. Utan hennes vetskap hade Daniel visning på lägenheten och snart därefter sålt den. Tidigare hade Daniel och Åsa kommit överens om att kunna varandras koder till bankid ifall den ena blev sjuk eller måste åka bort. De sista åren hemma tog han hand om allt som behövde göras via nätet. När hon åkte på sin semester hade han redan skaffat alla dokument för bland annat vårdnad av barnen, samt utflyttning från Sverige och för skilsmässan. Han flyttade deras gemensamma sparpengar till olika banker i Singapore och Caymanöarna. När han skulle skicka dokumenten via bankid hade han tappat bort koden. Hennes namnteckning hade förfalskats på alla dokument.

Efter det påbörjades försäljning av allt de ägde. Betalade för hämtning av resterande möbler och kläder samt en firma som städade hemmet. När allt var avstämt och klart med bland annat fastighetsmäklaren tog han barnen på en resa, som han sa till Åsa via mobilen, en semester till

Kanarieöarna. Tiden däremellan behövde han för att hon, Åsa, skulle åka dit för narkotika. På grund av det fick han möjlighet att lämna Sverige. Allt detta hade polisen undersökt och fått fram. Inte heller åkte Daniel med barn till Kanarieöarna.

Sista kvällen i Bangkok träffade Viktoria gamla vänner. Med sig till hotellet hade hon en present från sina vänner. En blå kasse med trästatyetter. Lurade Åsa att hon hade smärta i sin axel, vilket gjorde att Åsa självklart bar på Viktorias present. När de landade i Sydney behövde Viktoria gå på toaletten. Åsa stod utanför och väntade med hennes blå kasse. Viktoria kom aldrig tillbaka, hon försvann. Helt kallt hade hon lämnat Åsa ensam kvar tills en droghund kom.

I botten på den blå kassen och i trästatyetterna fanns narkotika plus en stor påse i hennes resväska med ett värde på två miljoner. Ingenstans hittades Viktoria. Varken på flygen från Helsingfors, Bangkok eller till Sydney. De satt dessutom på olika platser. Senare uppdagades det att Viktoria hade haft ett annat namn. Hon var alltså med i samma liga som Daniel. Likadant var det med hotellen. Åsa hade ensam bokat rummen med ett forexkort som hon sällan använde. För narkotikan fick Åsa sju års fängelse i Perth, Australien. Polisen kollade upp Daniel. Turen gick till Sydamerika, efter en månad dök han upp med sina barn i Singapore. Han hade berättat för poliserna från Sverige och Australien på grund av deras skilsmässa ville Åsa inte ha något från deras gemensamma liv. Inga pengar. Inget. Inte ens barnen.

För henne var det en fruktansvärd chock att hennes stora kärlek, hennes man Daniel, hade lurat henne på allt.

Chocken över fängelset och saknaden av barnen gjorde att hon sjönk ned i en depression. Fängelsetiden blev ett tufft uppvaknande. Polisen började tidigt tro på Åsa. De släppte henne inte från fängelset. Mycket på grund av det internationellt kriminella nätverk som växte fram i deras undersökningar. Många länder var inblandade. Daniel var medlem i den. De kunde stänga sina portar för att skydda honom och hans fru, men framför allt blottning av nätverket.

Åsa var oskyldig, men det var hon som bar Viktorias blå väska och hade ansvar för den. Australien ville visa att man inte kom undan. Efter dessa händelser bar hon på en ständig smärta av skam och skuld. På grund av det kriminella nätverket tvingades hon vara kvar i fängelset. Australien och flertalet andra länder ville få tag i leden uppåt.

Efter ett tag i fängelset fick hon meddelande från Ekobrottsmyndigheten i Sverige att hon var oskyldig. Pengarna hade gått via Caymanöarna. Bevisen pekade helt på Viktoria.

Åren som gick i fängelset började hon förstå att Daniel inte brydde sig om barnen, dessutom förstod hon hur han hade fått henne att må dåligt. Barnen tog han enbart för att krossa henne. Även om han inte var en psykopat var han med all säkerhet en narcissist, tänkte hon. Inte undra på att han klarade sig. En man med stort självförtroende. Såg bra ut och hade en enorm utstrålning, som enbart tänkte på sig själv. En egoistisk man. Det gjorde honom farlig. Varför såg hon inte hans sanna jag? Den frågan hade förföljt henne. Sista gången han betalade någon att skada henne i fängelset var hon nära att dö. Hamnade medvetslös på ett sjukhus, även där hittade lönnmördare henne. Till fängelset meddelade polisen att Åsa hade blivit mördad på sjukhuset. Det stod även i tidningarna. När hon tillfrisknade på hemlig ort fick hon ett nytt namn och pass. Lisa Johansson. Efter fem år i fängelse fick hon äntligen åka hem till Sverige.

När hon och den svenske polismannen Birk var på väg hem från Australien fick hon reda på att Daniel hade tagit ett lån i hennes namn på trehundra tusen kronor. Detta hade skett sju dagar innan Åsas semester. Utbetalningen på lånet skickade Daniel vidare till sin utländska bank. Efter överklagan av en advokat togs låneskulden bort. Idag hade det inte gått på grund av misstankar om penningtvätt.

"Vänta du, Daniel!" viskade hon i skogen. "Du betalade flertalet för att skada och mörda mig. Mina barn ska inte leva med dig eller uppfostras i din farliga egoism. Inte en enda gång till ska du hota mig med försäljning av mina barn till pedofiler eller trafficking. Jag ska hämta hem mina barn!" Rösten vibrerade av känslor.

Abrupt reste hon sig och gick vidare. Tog inte till sig av det vackra i skogens lugn. Singapore. Låg korruption. Någon kunde viska i vissa öron att den blonde var en farlig manipulativ person. En mästare på att luras och ljuga. Han var streetsmart, det erkännandet gav hon honom. Men hans ego hade blåsts upp och blivit alldeles för stor. Förr trodde hon på allt han sa. Nu var hon förberedd och visste med sig att en del människor bar på ren ondska. Daniel var en av dem.

"Du stal mina barn för att jag inte ville flytta till Singapore!" skrek hon plötsligt ut i skogen. Det prasslade när fåglar flydde. Deras skrik ekade till henne. "Förlåt. Jag ville inte skrämma er", sa hon dumt till fåglarna.

Lagar måste följas i alla länder, men kriminella lever i en parallell värld. De bryr sig bara om egna skapade lagar särskilt för underhuggarna. Därför måste Daniel lockas från hålet. Den gamla Åsa, skulle bli den nya personen Lisa, lärarinnan, hon skulle ta hand om barnen.

Själva ligan tog hon bort från sinnet och koncentrerade sig enbart på Daniel. Ett förträngt minne dök upp. Blev han ofta störd kunde han bli mycket irriterad. Till exempel om artiklar skrevs om honom i tidningarna. Särskilt om skriverierna handlade om den blonde. Det skulle bli ett fruktansvärt slag för honom. Kanske var det inte bra för barnen. Hot hade gått ut från Daniel att ligan kunde sälja deras barn. Men Lisa var säker på att det kunde ske ändå. Därför måste hon ligga flera steg före. Tänk om Daniel kom hem till Sverige för att gömma sig. Streetsmartheten och hans starka egoism kunde vinna igen.

Lisa kände sig lite yr och höll sig i en tall. Log. Visste med sig att hon på något sätt kunde hämta hem barnen. Alla tankar var som snabba bollar i luften. Drömmen tidigt på morgonen kom tillbaka med all sin kraft. Hon flämtade till på skogsstigen. Såg sig vaksamt om. Fortfarande hördes endast fågelkvitter.

Varför vaknade hon skräckslagen, svettig och i fullständig panik? Drömmen varnade henne. Du kan dö om du gör fel, tänkte hon oroat. Med ett djupt analyserande av varje ord och bilden av en förvriden exman förstod hon att varje steg måste tas med yttersta försiktighet. Inte bara ha plan A och B, utan också C och D.

Promenaden tog henne automatiskt mot torpet. Arvet från farmor. Pappa hade röjt upp efter vägen där endast hjulspår syntes. Med bil tog det knappa minuten att köra ut till den större vägen. Väl framme stod hon länge och tittade på torpet. Trädgården var stor. Familjen hade rensat upp och skaffat en automatisk gräsklippare. Blicken for runt. Mycket buskar och ris hade tagit sig in från skogen. Även en bit ut i skogen behövdes en upprensning. Någon kunde se torpet från skogen. Inne i torpet kunde hon inte se någon i skogen för alla trädens skull. Familjen hade fixat med brunn, avlopp och el, dessutom hade hon fått in bredband. Allt skulle stå i ordning. Framför allt när hennes barn kom hem. Hur hon nu skulle trolla dit dem.

Blicken gick till skogen och tillbaka till torpet, och åter till skogen. Syrenbuskar fanns där. Överraskat tittade hon på ett stort träd, inte likt de andra. Hon gick dit. Körsbärsträdet. Lyckligt blinkade hon till. Gick runt trädet, stegen fortsatte utanför trädgården. Flera minnen kom till henne. Farmor gjorde hallonpaj, till dryck fick de körsbärssaft. Då gick hon några steg in i skogen. Stod och tittade på hallonbuskar. Det saftade sig i munnen av alla stora trädgårdshallon som satt på grenarna. Genast dök hon in bland grenarna och åt av bären. Farmor hade planterat så att de även skulle bära frukt in i augusti. Så mycket minnen.

Som en utsvulten åt hon som aldrig förr. Stora mörkröda bär. Njöt av varje tugga. Smaksensationerna gjorde att tårar drevs upp i ögonen. När hon ätit en del av dem fortsatte sökandet på marken och in i skogen. Blåbärsris så långt ögat kunde nå. Svamp fanns också. Det visste hon. Om det behövdes kunde hon klara sig ett tag utan att bli sedd.

Med en ny kämpaglöd började hon jogga. Först tog hon det lugnt sedan ökades takten. Konditionen hade alltid varit bra, men det var tidigare, innan den svåra skadan. Allt som kunde skapa rädsla togs bort ur hjärnan. Efter ett kort tag tvingades hon stanna för att hämta andan. Dag ett hade börjat. Träningen skulle fortsätta. Upp tidigt och lägga sig sent, då hann hon med mycket.

Inne i skogen stannade hon upp. Spår av vilda djur syntes lite här och där. Drog in doften från mossa och träd. Njöt av stillheten. Såg sig om och älskade allt hon såg. Detta hade hon saknat enormt. Sverige. Hemma. Gick stillsamt tillbaka.

Medan hon gick på vägen memorerades de få bilar som körde förbi. Hon log och vinkade till en granne. En genväg fanns till Sörens och mammas hus. Den tog hon. Stannade till när hon kom fram till huset. Kikade in i trädgården. Allt andades normalt. Kände sig lite busig med tanke på gamla tider. Med smygande steg skyndade hon mot huset och gick efter husväggen. Böjde sig ned vid fönstret och smög via källaren. Källardörren var upplåst. Gick försiktigt nedför. Letade efter lampknappen, lyset var trasigt. Smög uppför trappan till bottenplan. Inte heller där var dörren låst.

Sakta fick hon upp dörren. Hörde radion och ett mummel från köket. Smög sig fram. Undvek ett ställe på golvet som knarrade. Köksdörren var stängd, vilket den inte brukade vara. Tog ett tag om köksdörrens handtag. Hon hade tänkt rycka upp dörren och skrika bu, men kom på att någon därinne kunde dö av hjärtinfarkt. I stället öppnade hon dörren lugnt. I köket satt två personer som tittade skrämt på henne.

"Förlåt, jag tänkte skrämma er, men jag ändrade mig i sista sekunden. Ni blev skrämda ändå. Vet ni om att båda dörrarna i källaren var upplåsta?"

"Jag, jag, åh herregud. Jag blev jävligt rädd."

"Sören, förlåt mig. Det var inte så här livet skulle bli. Skrämmande."

"Ja, det är det faktiskt", viskade Siv och stirrade på Sören. "Jag känner ofta på dörrarna. Lagade inte du källardörrens lås för en månad sedan?"

"Jo. Sa du upplåsta? Båda dörrarna?" frågade Sören snabbt.

"Ja. Har låsen varit trasiga?"

"Ungefär när Åsa blev mördad. Källardörrens lås var inte trasig. Den var bara svår att låsa upp. Jag känner alltid på dörrarna. Har du glömt låsa, Sören?"

"Idag har jag inte varit i källaren. Det är lugnt härute på landet."

"Lamporna i källaren fungerade inte. Skumt", viskade Lisa.

Nu stirrade alla tre på varandra. Ingen rörde sig.

"Inte? De fungerade i förra veckan. Vi två går ner, Lisa. Stannar du kvar häruppe, Siv?" frågade Sören lite stressat.

"Ni är inte hemma på dagarna. Tänk om någon har er nyckel och kan komma och gå. Hur ofta är ni i källaren? Husets tidigare ägare byggde mycket förråd", mumlade Lisa.

"Ja, lite överdrivet, men de sparade säkert mat i glasburkar och flaskor i de olika förråden."

"Inte konstigt", muttrade Siv. "Det är långt till affären. Menade du att någon kunde gömma sig därnere."

"Jag menade inget, men undra varför lamporna var trasiga? Vi går ned i källaren och letar."

"Letar efter vad, Lisa?"

"Droger."

"Droger? Vi hade genast fått reda på om det hade stått främmande bilar på vår uppfart."

"Ja, detta med bilarna berättade ni för Daniel och mig när vi var här första gången. Jag minns att Daniel var kvar i källaren. Han tyckte alla vrår i källaren och de gamla dörrarna ut till framsidan var fantastiska. Daniel har aldrig kommenterat inredning eller husbyggnader. Kommer ni ihåg det? Numer tror jag allt dåligt om honom."

"Det hade jag glömt. Vilket minne du har", sa Siv häpet.

"Alla var trötta. Barnen bråkade och min lille Noa hade somnat. Jag ropade flera gånger på Daniel som blev sur på mig. Resan hem var stressande. Noa vaknade och skrek hela vägen. Noelle och Lova började också skrika."

"Ska vi gå, Lisa?" muttrade Sören frågande.

De gick till den lilla hallen. På sidan av trappan var dörren till källaren. Ingen av dem tog i dörrhandtaget.

"Öppna dörren", viskade Siv.

Sören harklade sig högt.

Sedan tittade han på Lisa och började flina dumt. Då skrattade Lisa högt. Han tog ett tag om dörren och var på väg att öppna.

"Vänta!" utropade Siv med hög röst.

Båda hoppade till.

Kapitel 2

"Det kändes som om någon sköt en kanonkula rätt genom dörren."

"Sören, vi tror att vi är tuffa, men vi är riktigt fega."

"Verkligen", höll han med om.

Siv var tillbaka och lämnade över ficklampor.

"Du är smart, mamma. Siv", sa Lisa och suckade högt.

"Mitt hjärta, var inte orolig. Vi ska bara ned och titta på vårt skräp."

Plötsligt kysste Sören sin fru. Lisa tittade på dem.

"Jag är så glad för er skull. Det lyser kärlek om er", sa hon ömt till dem.

"Jag älskade din pappa, Lisa. Men det här är en annan kärlek."

"Innan vi går ner och letar i förråden vill jag fråga dig en sak, Lisa. Varför du tror att det kan finnas droger därnere?"

"När jag gick i skogen och runt farmors torp tänkte jag på Daniel. Ordet streetsmart kom till mig. När han är hemma i Sverige kanske han har en del av sitt förråd hos er."

"Hos oss?" sa Siv förvånat.

"Vi berättade att vi sällan använde de små rummen därnere", muttrade Sören. "Vi jobbar dagtid. Någon kan parkera vid skogen."

"Jag åkte dit för droger. Det kan ni också göra. Han är oskyldig."

"Den jäveln! Fan, vad jag hatar honom", väste Siv.

"Då borde han förstå att vi fattar att någon har varit här."

"Lisa sa streetsmart om honom, Sören. Han skrämmer oss. Det gjorde han med Åsa hemma och i fängelset. Hot och skador om vartannat."

De stirrade på varandra. Fortfarande hade inte dörren öppnats.

"Först och främst är det inte han. Det är alltid någon annan som gör jobbet. Tänk om ligan har en videoövervakning i källaren. När ni tänder ljusen går videon på", viskade Lisa.

"Du har nog rätt. Sist när ljuset gick sönder kontaktade vi vår elektriker. Han hittade inget fel."

"Då använder vi ficklamporna."

Dörren öppnades. Sakta smög de nedför trapporna. Även här knakade vissa trätrappsteg högre än andra. Ljuset sökte sig fram. Vissa gånger ryckte de till för det såg ut som en människa stod där.

I ett av förråden pekade Sören på golvet. Lite skrapmärken syntes. Genast böjde sig Lisa ned och drog försiktigt ut översta lådan. Inget. Nästa. Inget. Den sista lådan drogs ut och släpade på golvet. Lisa reste sig fort och tog ett steg bakåt. Båda stirrade på fyra större påsar som låg jämt uppradade i lådan. Droger. Mycket i tablettform. Mängder av dem i olika färger. Lisa tog ett tag om Sörens arm, vilket gjorde att han hoppade högt. Med handen vinkade hon nedåt. Genast togs foton på lådans innehåll.

"Vi rättar till allt. En och en går vi uppför trapporna. Räkna stegen. Där trappsteget knarrar måste vi komma ihåg, för då kan vi smyga ner och kolla."

De tittade allvarligt på varandra och lämnade källaren. Uppe i köket diskuterades det lågt om någon hade pratat om Åsa, som skulle komma hem till Sverige med ett nytt namn.

Skyndsamt gick Sören ut ur huset och till garaget. In i huset kom han med lika snabba steg. I sin ena hand hade han ett järnspett i handen.

"Ifall vi hör trapporna knaka. Vi är beredda."

"Men snälla, Sören, du minns väl att de knakar även vid väderleksförändringar."

"Åh nej", svarade de andra två.

"Vi får flytta härifrån. Jag klarar inte av att bo så här långt ifrån hjälp. Tänk om kriminella kommer hit och jag är ensam hemma."

"Vad ska vi göra med drogerna? Vi kan inte flytta på dem, Siv. Daniels vänner kommer att förstå, och ligan kommer hit."

"Vilket fall som helst kan vi inte ringa polisen. Då får vi skulden. Jag finns inte i pappren och är den som åker dit igen. Ni åker dit för skydd av brottsling."

De tittade allvarligt på varandra. Diskussionerna fortsatte om drogerna. Dagen övergick till kväll. Helt slut efter alla diskussioner gick de till sina rum.

Efter duschen gick Lisa in på sitt rum och läste som vanligt om Singapore. Uttröttad somnade hon, men vaknade med ett ryck. Trapporna knakade. Genast slängde hon av sig täcket. Skyndade upp och fick med sig en bok i handen. Mötte Siv utanför dörren. Båda skrek högt. Uppför trapporna kom Sören ångandes med håret på ända och järnspettet i sin hand. Skräcken lyste i ansiktet. Då började Lisa skratta hysteriskt.

"Vilka tuffingar vi är. Hur ska vi fixa hela den här historien? Jag hade boken med mig som skydd." Skrattet övergick till hickande gråt.

"Jag vaknade av att trappan knakade, men jag drömde", sa Siv plötsligt.

"Vad! Det säger du först nu."

Alla tre såg sig om på övervåningen.

"Jag strök tidigare och trodde att jag hade glömt att dra ut sladden."

"Siv, du höll på att ge mig en hjärtinfarkt."

"Stryker du här uppe, mamma?"

"Ja, i gästrummet. Jag ser ut över sjön medan jag stryker. När jag inte hinner stryka färdigt stänger jag dörren."

"Jag kom på en sak", sa Lisa eftertänksamt. "Vi kan bränna ner huset. Då går drogerna upp i rök. Förlåt, det var en dålig idé."

"Mordbrand. Nej, det går inte. Försäkringsbolag, brandmän och polis kommer på oss direkt."

"Idén var bra, Lisa."

"Nej, det var ingen bra idé. Inte ska ert vackra hus brännas upp. Polisen kollar upp mig och jag finns inte någonstans. Sanningen kommer fram. Tidningarna skriver om mig. Daniel får reda på att jag lever och helvetet är i gång. Jag hamnar säkert på sjukhuset. Igen. Ni blir fällda för skydd av brottsling och mordbrand", svarade Lisa stressat.

"Vi hyr ett förråd. Allt viktigt kan vi lägga där, som exempelvis fotoalbum och vissa antikviteter", sa nu Siv i sin tur.

"Du hörde vad Lisa sa", svarade Sören häpet.

Siv vände sig till Lisa.

"När du duschade gick Sören och jag ner i källaren. Jag ville se med egna ögon. Innan du kom hem städade jag igenom varje vrå av huset, skåp, lådor och hyllor till och med i källaren. Du skulle känna dig trygg hemma hos oss. Lådorna som drogerna låg i fanns inte där för fjorton dagar sedan."

Tystnaden som uppstod var förödande. Sedan kom tunga utandningar från dem. Lisa tittade desperat på de äldre.

"Tror du att någon vet att Åsa lever och har kommit hem till Sverige." Tystnad. "Nu blev jag väldigt orolig", viskade Sören och såg blek ut.

"Någon vet", viskade Lisa och svimmade.

"Åsa, Åsa, vakna!"

Lisa rörde sig och slog upp ögonen.

"Hur ska jag klara av att hämta mina barn", viskade Lisa, kröp ihop och grät lågt.

"Du är stark, Lisa. Glöm inte att du klarade av fem år i ett fängelse. Ställ dig upp. Vi räknade inte med det här. Å, andra sidan kanske vi inbillar oss att någon vet. Det här fick vi inte berätta. Har din mamma sagt till dig att hon och din pappa nyligen har fått reda på en bra plan. Än så länge är den under planering. De ska eventuellt åka till Singapore och göra ett försök att få träffa barnbarnen. Jag har sagt till dem att först gå via en advokat. Daniel kommer inte bli glad."

"Självklart blir han inte glad. Kan jag hjälpa min dotter så gör jag det. För att övergå till vår källare och Daniel, tänk om han jobbar vid sidan om och har ett lager här hos oss. Kriminella i Göteborg jobbar för honom. Vid behov hotar

Daniel oss. Sätter press på oss för att vi ska gå i hans ledband."

"En utväg för honom. Givetvis gör han så", viskade Lisa.

"När ni besöker barnbarnen i Singapore kanske ni får oväntat besök i era hotellrum av hans kollegor. Droger planteras. Polisen kommer dit. Med sådana föräldrar är det inte konstigt att dottern blev som hon blev. Givetvis får ni fängelse i Singapore. Svenska polisen får tips. Narkotika hittas i vår källare och även jag hamnar under svenska rättsväsendet. Vi blir krossade och Daniel vinner. Igen. Lisa sa att han var streetsmart."

"Du har helt rätt i dina tankar, Sören", mumlade Lisa trött.

"De där polismännen Birk och Peter verkade otroligt duktiga. Vi kan prata med dem angående vad du sa, men också om dina barn." Nu vände sig Siv till sin dotter. "Du har många idéer. Det har även jag. Vi hjälps åt. Polisen måste hjälpa oss. Pappa och jag kan ta kontakt med en advokat här i Sverige samt i Australien. De i sin tur tar kontakt med Singapore om ett besök hos våra barnbarn." Siv blev tyst för stunden. "Någon nämnde att vi och våra barnbarn kunde ta en semestertripp tillsammans", sa hon tveksamt.

"Barnen har inte kvar sina svenska pass. De får inte bo i Sverige."

"Lyssna nu", sa Siv bestämt. "Nu gör vi precis det jag sa. Vi säger till advokaten att vi önskar ta med barnen till Australien för att besöka deras mammas grav. Åsa har en gravplats där."

"Har jag en gravplats i Australien?" mer häpen kunde inte Lisa låta.

"Inte du. Åsa har det."

"Berätta mer, Siv", bad Sören och såg nyfiken ut.

"Det är inte jag som har tänkt ut det här. Vi får eventuellt hjälp. Din pappa och jag kommer göra allt för att få hem dina barn. Kontakt ska tas med advokater och tidningar. Alla instanser stör Daniel. Vi vill få med barnen till Australien för att besöka din gravplats. Tänk er när tidningar i Singapore skriver om Daniel. Alla vänder honom ryggen", lade Siv till, log ett stort leende och skrattade elakt. "Under semestern i Australien försvinner barnen lägligt. De försvann till Eve", lade Siv till och blinkade med ena ögat.

Siv lät tuff, men började gråta av alla känslor. Lisas haka darrade.

"Vet du var Eve bor? Tror du verkligen hon kan hjälpa mig och mina tre barn?"

"Din pappa besökte henne en gång i fängelset, men också efter hennes frigivning. För honom berättade hon att du kommer att genomföra din plan med barnen. Det blir din död. Din pappa har en ständig kontakt med polismannen Peter i Australien. Särskilt när du bodde i ett skyddat hus någonstans. Tidningarna skrev om dig, ligan och om ditt mord. Klarar vi tillsammans av att genomföra hämtning av dina barn ställer Eve upp. Du och barnen får tills vidare bo hos henne i Australien. Ingen tänker på Eve. Så sa hon. En transparent person som hon syns inte, och kan då vara aktiv."

"Eve syns mer än hon tror. Ställer Peter upp för mig?" viskade Lisa rörd.

"Är du medveten att du blir ett jagat villebråd igen? Jag trodde inte att jag någonsin skulle säga dessa ord, tänk om barnen har det bättre i Singapore", muttrade Siv oroligt.

"Nej, mamma, inte i en kriminell liga. Inte ens Daniel kan skydda dem. Tänk om han hamnar i fängelse. Eller i onåd. Vad händer då med mina barn? Jag lovar er, han eller ligan säljer dem till högstbjudande, sedan blir de matade med narkotika och utnyttjade varje dag tills de dör."

"Ni måste tänka över det hela mer. Det bästa är att locka Daniel och barnen över till Australien. Han kanske får fängelse där", försökte Sören flika in, men kvinnorna lyssnade inte.

"Hur kan du tro att mina tre barn vill följa med dig och pappa? Ni har inte setts på fem år. Tänk om bara en vill åka med er. Daniel kanske vägrar trots advokater. Jag har tänkt i dessa banor när det gällde mig själv."

"Vägrar Daniel kanske han blir fängslad. På något sätt ska vi få med oss barnen. Du ska åka till Singapore. Som jag nämnde tidigare, polisen hjälper till i Singapore och Australien. Gråt och tandagnisslan för våra barnbarn. Barnen är de enda vi har kvar efter vår mördade dotter. Vi berättar historien för journalister i Australien och Singapore. Hennes man lurade henne på allt. Det var han som låg bakom och fick henne mördad. Hotade henne varje gång med att barnen skulle säljas av honom eller av ligan. Denne onde man bor i Singapore. Förhoppningsvis får Daniel påtryckningar från alla håll."

"Siv, du kan råka illa ut. Det klarar jag inte av. Tänk om du hamnade i fängelse i Singapore. Egenmäktigt förfarande. Bättre att locka Daniel till Australiens vild-mark", viskade Sören.

"Till en krokodilfarm", skrattade Lisa högt, men hade tå-rar i ögonen.

"Min dotter gör allt för sina barn. Jag är också en mamma och har gått igenom ett helvete för min dotters skull. Mitt liv är inte värt något om min dotter och mina barnbarn är olyckliga. Varje dag saknar jag dem. Tänk om de har ett hel-vete med sin pappa. Du såg filmen. De är ensamma i det där jävla landet. Säkert inget fel på landet, men det är fel på de-ras pappa. Jag visade dig ett foto. Förtvivlan och ensamhet lyste i deras ögon. Du sa själv det. Daniel bryr sig bara om Daniel. Du hade gjort likadant för dina söner och dina barn-barn, Sören."

"Det är sant. Jag förstår dig."

"En gång i tiden älskade Daniel barnen. Vad är det för önsketänkande? Han älskar bara sig själv och går alltid i första rum", muttrade Lisa.

"Bara han slapp ta hand om dem. Har du tänkt på att han ville att barnen skulle älska honom mer än dig."

"Vad sa du?" förvånat tittade Lisa på sin mamma. "Vad minns du, Sören?"

"När din mamma nämnde sina iakttagelser började jag också titta. Då såg jag att han ville kontrollera dig via bar-nen."

"Ungarna avgudade honom. Han älskade när de kröp in under täcket och de kramades."

"Kontroll", sa mamma och Sören samtidigt. "Tänk till-baka på hur hans agerande var mot barnen. Hur var han?"

"Jag tänkte inte på det. Inte då."

"Han har gjort dig och barnen fruktansvärt illa. Du försvann från dem. Inte ens att du fick ta adjö av din äldsta dotter. Han beställde ett mord på dig. Kan han göra det mot dig kan han göra det ..." Siv avbröt sig.

"Är det någon bakom mig?" frågade Lisa.

Sekunden efter svängde hon hastigt runt och såg Sören dra handen över halsen. Häpet tittade hon på honom.

"Jag försökte få tyst på din mamma."

"Varför då? Vi diskuterade om Daniel och mina barn. Det är väldigt viktigt att hitta den bästa lösningen", svarade Lisa irriterat. Det blev en kort tystnad. Hon flämtade till. "Nu förstod jag vad du menade, mamma", viskade hon.

"Vi måste agera."

Lisa tog sig för magen där ett litet ärr fanns.

"Ett halvår innan allt hände sa Lova emot honom. Skrek högt och viftade med handen rätt upp i hans ansikte. Jag hade aldrig sett honom så arg. Han skrek ännu högre och kallade henne fula saker. Som hora och annat", svarade Lisa med darrande röst. "Jag gick emellan. För första gången sa jag till om skilsmässa."

"Sa du till om skilsmässa? Hur tog han det?" frågade Sören och lät rädd.

"Han tittade på mig. Vi skiljer oss inte mumlade han. Efter det sa han inget mer till barnen. Strax därpå åkte han i väg på ett jobb. Började han planera min dödsdom då?" sa hon och flämtade fram de sista orden.

"Dina flickor är nu tolv och femton år gamla med massor av hormoner. Dessutom är Lova väldigt lik dig till utseende och sätt", viskade Siv.

"Jag har förstått att han hatade mig. Därför var det lätt att offra mig. Bara han inte skickar iväg Lova", kved Lisa fram, men förstod att så kunde bli fallet.

"Andra män och kvinnor har offrat sina barn", svarade Sören lågt och tittade på sin fru.

Numer försvarade Lisa aldrig sin före detta man, utan såg honom som han var. En charmör och narcissist. När han inte fick sin vilja fram blev han manipulativ. En sak var Lisa fullkomligt säker på, i början på deras liv tillsammans var de förälskade i varandra. När barnen föddes blev deras liv fantastiskt. Men barn krävde allt och mer därtill, de vuxna fick allt mindre tid tillsammans. Var det då hans känslor förändrades? Jag förändrades. Det tyckte han inte om, viskade hon inom sig med visshet.

"Jag förstår inte hur han kan hata en så duktig person som dig. Viktigast i ditt liv var din familj. Du är den mest underbaraste dottern i världen. Mina döttrar. Jag är så stolt över er."

"Du såg aldrig mina fel och brister mamma."

"Jodå, det där normala. Du surade sällan utan åtgärdade problemen direkt. Särskilt efter att du hade fått barn. Det kanske stressade Daniel. Vi har pratat mycket om dig. Din syster sa att när du bestämde dig för något genomförde du det som en bulldozer. Du hade mycket kraft och energi."

"Menade du att jag inte lyssnade på andra? Som exempelvis Daniel."

"Ja, det hände. Jag var inte blind för hur du kunde bete dig mot honom."

"Lisa, han tyckte verkligen inte om det. Du och jag känner inte varandra så väl. Innan din resa till Australien minns jag diskussioner mellan dig och Daniel. Du körde över honom. Lyssnade inte. Avbröt. Inget allvarligt, men det retade honom oerhört."

Sören tittade länge på henne och såg att hon hade svårt att svälja.

"I backspegeln och tiden ifrån honom har jag sett felen. Han hjälpte aldrig till. Jag var ofta trött och irriterad. De sista två åren var vårt förhållande inte alls bra. För det mesta var det han som körde över mig. Exempelvis vår dyra lägenhet. Jag sa ett bestämt nej. Den var för dyr, men han sa att vi skulle ha den till mäklaren. Sa jag emot honom blev han riktigt sur och det höll i sig i dagar. Jag orkade inte med surheten och bråken. Ville bara ha lugn och ro. Försökte anpassa mig. Tystnaden blev mer kännbar. De sista åren hade jag ofta huvudvärk, i slutet nästan varje dag. När vi hälsade på hos familjen kopplade jag av. Ni lyssnade. Jag gav antagligen igen. Körde jag över er också?"

"Nej, det har du aldrig gjort. Då förstår jag bättre. Daniel var den lysande stjärnan och hans behov var viktigast."

"Ja, så var det oftast. Givetvis hade jag mina fel. Men jag älskade honom och han älskade sig själv. Konstigt. Varför skilde jag mig inte."

Ingen av dem svarade. Återigen hade Lisa svårt att ta namnet Daniel i munnen. Han, tänkte hon om honom. Han. Munnen smakade järn. Lisa grimaserade och fick en kräkkänsla.

"Du måste träna och komma i gång tidigare än du tänkt dig", sa Sören snabbt.

Kräkkänslan kom av sig. Frenetiskt funderade Lisa på vad han menade.

"Prioritet ett just nu är drogerna i huset. Jag ringer till min väninna Linn. I sin tur får hon ta kontakt med sin svåger Birk. Skönt att han är polis och hjälpte mig i Australien. Det känns tryggare att ha någon vi kan lita på. Jag är rädd för att andra poliser kan kolla upp mig. Ni förstod vad jag menade?"

"Ja, jag håller med dig", svarade Siv. Sören nickade.

"I morgon köper jag kameror för övervakning. Nej, jag åker på måndag och handlar det som behövs. Vi har fortfarande semester."

"Bra. Ta bort allt ni gör på datorn och mobilen. Jag laddar ner program i min bärbara dator. Vi ordnar med appar i våra mobiler också. Äntligen kommer vi i gång", sa Lisa och såg förväntansfull ut.

"Ska vi göra som vanligt? Vi tar det lugnt över helgen och går på våra sedvanliga promenader."

"Ja, det var en bra idé, Sören", svarade Siv och log varmt mot honom.

Lisa gick mot dörren.

"Lisa, jag kom på en viktig sak. Tänk på hur du går. Gångstilen ändrar sig aldrig. Likadant med stegen över ett golv. Öva dig. Du och Daniel var ihop i många år. Han känner säkert igen din stil och dina fotsteg."

Efter dessa ord gick Lisa fram och tillbaka på golvet, ut i hallen och tillbaka till köket. Ställde sig framför diskbänken och började lugnt diska upp efter frukosten.

"Jag kände igen dina fotsteg efter alla år", viskade Siv överraskat.

"Jag har ändrat mitt utseende och klädstil, men inte hur jag går eller gestikulerar. Efter disken har jag alltid gnuggat extra på bänkarna för att de ska få en lyster. Trots att det var länge sedan gjorde jag exakt likadant nu. Livet med barnen och ett heltidsjobb gjorde att jag slarvade med det mesta. Jag hann inte. Men diskbänken, kranen och runtom skulle blänka. Jag måste bli pedant och ha koll på varje sak. Ärligt talat var jag slarvig hemma."

Nu log de mot varandra i förståelse. Den här gången gick Lisa till duschen. Varje steg dit övades gångstilen, men det var svårt. Hela duschkabinen tvättades och torkades. Den nya personen Lisa var numer pedant. Återigen satte hon sig vid datorn i sitt rum. Tänkte över och om sig själv. Slarvig. Hemmet fick hon aldrig ordning på. Driver av tvätt. Disk i kök och vardagsrum. Barnens leksaker låg i alla rummen. På jobbet var hon otroligt duktig. Hade fullständigt koll. Den gamla Åsa hade blivit fyllig efter barnen. Den nya personen Lisa hade blivit mager.

"Lisa!" ropade Siv. "Vi går ut och går i någon timma."

"Jag tar en promenad till min stuga senare. Tack för att jag får bo här!" ropade hon till dem.

"Jag älskar att ha dig här!" ropade Siv tillbaka med kärlek i rösten.

Dörren stängdes och låset knäppte till. Det hördes upp till övervåningen. Tystnaden i stugan var gudomlig. Utanför fönstret sjöng fåglarna olika sånger i en ljuvlig musik. Lika ljuvligt var det att gå runt ensam i frihet. Frihet, hon smakade på ordet. Det var som balsam i själen. Satte sig vid skrivbordet, satt tyst och bara lyssnade. Ögonen tårades av känslor för allt det vackra. Skogen som granne var underbart. Ögonlocken stängdes stillsamt. Hon dåsade till i stolen, men ryckte till. Tid fanns inte till att dåsa. Genast letades youtubeklipp upp om landet Singapore och singaporianer. Tidigare hade hon läst att de saknade nästan alla slag av naturtillgångar.

På bilderna såg hon ett mycket modernt och framgångsrikt land. Självklart hade hon sett det tidigare och kunde förstå att Daniel hade blivit fascinerad av landet. Vemodigt tänkte hon över sitt gamla liv. Daniel hade levt ett parallellt liv med hennes. De gick inte på samma stig. Frågan var om de någonsin hade gjort det. I början gick de på samma stig för att han ville det. Ett tag efteråt hade deras vägar då och då korsats. Irriterat skakade hon på huvudet över hur blind kärleken kunde bli. Tänk inte tillbaka mer. Detta hade bearbetats. Tillbaka kommer aldrig tillbaka. Nuet var här. Framtiden var på väg in.

Ifall föräldrarna inte fick ut barnen från Singapore måste det finnas fler sätt. Om barnen och hon tvingades fly med en båt fick hon absolut inte hamna i fel land. Det fanns mängder av öar utanför Singapore. Med olika namn i passen kunde hon få fängelse för kidnappning eller egenmäktigt förfarande.

"Jag har inte barnens pass", viskade hon högt. "Hur skulle jag kunna ta med mig dem någonstans? Idiot. Tänk."

I Malaysia fanns mycket narkotika, tänkte hon vidare. Där kanske gruppen Octopus utgick från. De levde ett affärsmässigt liv i Singapore och var rena från all kriminell verksamhet som de ville påskina, enligt Peter Townsend, polis i Australien.

Vidare började hon drömma om sina föräldrar. Barnens morföräldrar ville besöka barnbarnen och ta med dem till Australien för att besöka deras mors grav. Innan dess skulle hon, Lisa, ha ett arbete som lärarinna. På flera håll kunde man stressa Daniel. Stress klarade han, men inte en ständig stress och press. Inte heller när folk påpekade hans fel, då kunde han bli farlig. Det var den absolut bästa planen. Om föräldrarna kunde oroa honom med tidningsskriverier fanns lärarinnan Lisa där och hjälpte till. Om han såg henne blev han brydd och fick mycket att tänka på. Log hånfullt över hur och på vilket sätt de gemensamt kunde krossa honom. Stampa på den värsta insekten, förinta den. Så, som han gjorde med henne.

Tänk dig för. Ta inte ut något i förskott. Hejda dig! Minsta felsteg och du är ute.

Över dessa ord ryckte hon till. Polismannen Peter från Australien. En klok man som alltid hade något klokt att säga.

Högmod gick före fall. Hon kunde snubbla på mållinjen eller långt innan dess. Ligan tyckte inte om när någon lade sig i. Sakta andades hon ut. Ett gnisslande ljud ekade till henne. Fåglarna tystnade, men började sjunga sekunden efter. Häpet stirrade hon in i väggen. Öppnade sin mun för att ropa på mamma. Men något kändes fel. Det var alldeles för tyst. Lyssnade hela tiden. Reste sig. Flyttade stolen försiktigt. Det var tyst. Då andades hon ut. Ett distinkt ljud av en knarrande trappa hördes. Någon gick i källartrappan!

Genast tog hon sin mobil, tryckte på inställningar och tog bort alla ljud. Plockade upp sin bärbara dator, drog ut sladdarna. Blicken gick över rummet. Kikade ut i hallen och trapporna. Lyssnade. Försiktiga steg hördes därnere. Tassade fram till den låga luckan längst ned vid husväggen och drog sakta upp den. Lade ifrån sig datorn och mobilen inne på golv. Återigen knarrade det. Hon stelnade till. Trapporna upp till övervåningen! Genast kravlade hon in en bit. Vände sig. Kröp tillbaka till luckan. Skyndsamt fick hon stängt den. Kröp bort och gömde sig bakom husgavelns nock. Steg gick runt i sovrummet. Fingrarna dansade på mobilen, ett sms skickades till mamma att någon var i huset. Det blev tyst utanför. Garderobsdörrar öppnades och stängdes. Luckan öppnades. Ljus kom in. Förstelnad satt hon helt tyst.

"Hallå, är det någon där", viskade en röst.

Förskräckt stirrade hon rätt fram.

"Är du dum? Tror du verkligen hon skulle svara dig? Kryp in och se om hon har gömt sig därinne."

"Luckan är för liten. Tyckte jag hörde henne tidigare. Tänk om hon tog en promenad på baksidan efter sjön. Kamerorna räckte inte dit. Härinne har de en enklare förvaring."

"Kan hon vara ute med båten?"

"Undra vem hon är. En viktig person förstod jag. Jag hittade ett pass på Lisa Johansson. Inget ID-kort. Hon kan förstås ha legitimationen med mobilen. Har du sett en kvinna som har så här lite kläder i en garderob? Konstigt."

Återigen blev det tyst.

"Ser du henne?"

"Nej."

"Datorn är borta. Hon kanske tog den med sig."

Fotsteg på golvet. Steg knarrade i trappan. Fortfarande satt hon helt stilla. Rädslan släppte inte taget om henne. Fastfrusen i samma ställning, när hon skulle röra på sig hördes en låg harkling inne i rummet.

44

"Jag har suttit här i tio minuter", sa en röst. "Jompe skick-
ade ett sms. Ägarna kommer springandes ute på vägen. Vi
sticker."

Kapitel 3

Steg på golvet. Snabba fotsteg i trappan, en dörr stängdes.

Någon visste att hon var ensam kvar i huset. Vem undrade? Fortfarande satt hon kvar. Rädslan hade ökat markant. Musklerna ryckte av anspänning. Återigen öppnades och stängdes en dörr. Röster ekade upp. Rop. Sören och mamma. Steg kom i trappan och in i rummet.

"Lisa! Var är du någonstans?" ropade mamma.

Då bankade Lisa på den låga väggen. Genast hördes springandes steg i sovrummet och dessa fortsatte nedför trapporna.

"Ta det lugnt! Vad hände?" Sörens röst.

"Jag ropade på Lisa. Någon bankade i väggen."

Återigen snabba steg in i rummet.

"Lisa! Är du där?" Då knackade hon igen. Luckan öppnades. "Lisa?"

"Ja", rösten höll inte.

"Har du fastnat därinne?"

"Ja. Nej. Jag gömde mig, jag blev väldigt rädd."

"Kom. Din mamma och jag är här utanför."

Lisa vände sig från väggen och rullade på det smala golvet. Kravlade ut med mobilen i handen.

"Jag satt vid skrivbordet med datorn när jag hörde ett gnisslande ljud. Fåglarna tystnade. Därefter kom steg in via källaren. Så tydligt det hördes."

"Bara när det är tyst överallt. Fortsätt", sa Sören och höll henne i sin famn.

Då berättade hon allt för dem, även om passet och legitimationen. Oroligt tittade de på varandra.

"En viktig person sa de om mig. För vem?" viskade Lisa frågande.

"Vem har övervakning på oss?"

"På programmet Gränsbevakarna i Sverige hade tullarna hittat miljontals med kronor i väskor som skulle till Turkiet. Vad jag menar är att kriminella har resurser", mumlade Sören.

"Ser ni något i rummet?" frågade Lisa nu lugnt.

Tillsammans studerades rummet.

"Det är sand på golvet", viskade Siv och pekade.

"Någon har legat i sängen. Du?" viskade Sören frågande till Lisa, som skyndsamt gick till sängen och kände med handen nere vid gaveln.

"Sand. Han låg i min säng", flämtade hon till. "Tur att den var bäddad."

"Var har du din dator?" frågan kom högre än väntat. Siv och Lisa hoppade till.

"Jag glömde den därinne", viskade Lisa. "Hur såg du att den saknades?"

"Sladdarna är kvar på bordet."

"Nästa gång ska jag lägga sladdarna bakom skrivbordet. Man kan tro att kontakten går till lampan. Inte undra på att de kikade in i luckan. De sa faktiskt något om datorn."

"Vi måste lära oss hur rummen ser ut. Allt måste vara i ordning."

"Även kika i vår omnejd om okända personer är i vår närhet", la Sören till.

"Men det kan öka vår oro och vi agerar sämre. När händelserna började på mitt arbete satt jag en dag i min bil på parkeringen och kikade in i alla bilar. Satt det en människa

i en bil blev jag oerhört stressad och kunde inte tänka klart.
Jag trodde att Ekobrottsmyndigheten skuggade mig."

"Menar du att du minns en parkering för fem år sedan?
Gräsligt hur det kan sätta sina spår. Vi gör i ordning middag
och plockar fram en flaska rött. Här ska Lisas inköp av hus
firas." Sivs röst var bestämd.

De gick ned och pratade om middagen.

"Just nu kan vi inget göra. Vi försöker glömma allt för
tillfället", sa Sören godmodigt.

De gick till köket. Tillsammans ordnade de med maten
och pratade om det mesta.

"Synd att Gräfsnäs inte blev en större ort. Det är otroligt
vackert här."

"Siv visade mig området och torpet där hennes svärmor
hade bott som barn. Då blev jag över förväntan. Vi sökte och
hittade vårt drömhus."

"Jag trodde att du kom härifrån."

"Jag kommer från Gråbo. Sjön Anten har jag åkt runt, sä-
kerligen har jag kört förbi här. Tystnaden här är otroligt
skön för själen."

"Det är långt till jobbet. Fruktansvärt dyrt med parke-
ringar inne i Göteborg."

"Ja, men vi har pendelparkering."

"Det lovar gott, Sören. Maten, alltså", lade Lisa till och
skrattade högt.

Siv skakade på sitt huvud, vilket Lisa förstod. Skrattet lät
skränigt. Det skar i huvudet.

"Vad ska du börja med i ditt torp, Lisa?" frågade Sören
vänligt.

"Måla både utom och inomhus samt tapetsera. Det kommer att bli ett terapiarbete efter mitt uppbrott. Jag är tacksam att jag fick köpa din dotters torp, Siv."

"Den gick i hennes pappas släkt. Åsa fick ärva torpet. Som du vet blev min dotter mördad och hennes tre barn bor hos sin pappa i Singapore. Jag saknar dem fruktansvärt mycket." Sivs röst bröts och hon grät högt.

Sören tröstade henne. Varje gång Siv försökte prata bröt hon ihop. Lisa tittade på henne med tårar i ögonen. Så mycket sorg. Så mycket känslor. Några tysta minuter gick.

"Så ledsamt och så sorgligt livet kan bli. Jag är ledsen för din skull." Det blev tyst en stund. "I morgon åker jag och handlar faluröd färg till torpet. Vill du följa med, Siv?"

Osäkert tittade Siv på henne, men Sören skakade henne i sin famn.

"Ja, det låter trevligt. Är det någon som vill ha kaffe?" De andra två nickade. "Vad ska du göra i morgon, Sören?"

"Träffa killarna och spela golf."

"Mamma, jag måste träningsköra. Har inte kört bil på fem år", mumlade Lisa lågt.

Kvällen övergick till natt. De sa god natt till varandra. Den natten tog det en stund att somna. Morgonen kom och frukostbestyren var över.

"Ska du åka nu med en gång, Sören?" frågade Lisa. Ögonen flackade fram och tillbaka på de äldre.

"Ja."

"Jag tar disken. Siv, kan vi åka och handla färg när vi är färdiga?"

"Absolut. Så trevligt."

Rösten lät som en tung börda. Skyndsamt började Lisa diska och Siv plockade bort från bordet. Sören hade varit och bytt om. Nu fick Siv en puss på kinden. Han sa hejdå till kvinnorna. Dörren stängdes efter honom.

"Lyckan lyser om er."

"Vissa gånger känns det som om han undanhåller saker för mig. Jag har frågat, men han svarar undvikande."

"Han har vuxna barn. Kanske är det något med dem?"

Efter disken skyndade båda iväg och bytte om. Lisa körde som en nybörjare till Alingsås. Tre timmar senare stannade de vid torpet, satte målarfärg och tapeter på golvet. De kikade in i förrådet och hittade en hopfällbar stege. Gick vidare till grinden. Där stod de och tittade in till torpet. Siv vände sig om flera gånger. Slängde en blick mot skogen och tillbaka till stugan som låg precis i dess utkant.

"Vågar du verkligen bo här ensam? Går en kvist av i skogen ekar det in till dig. Då undrar du om det är ett djur eller en människa."

"Skräm mig inte, mamma."

"Jag heter Siv", viskade Siv förfärat och stirrade på sin dotter. "Tänk om du arbetar på dina barns skola och jag kommer dit. Du glömmer dig hela tiden. Vi måste tänka oss för väldigt noga." Rösten darrade.

"Du har helt rätt, Siv. Bo här ensam är faktiskt lite obehagligt. Dessutom måste jag lära mig hitta bättre i skogen."

Lisa blev tyst och stirrade på torpet.

"Vad tänker du på?"

"Vi åker hem till dig och dricker kaffe i bersån. Jag kom hem en regnig dag, sedan dess har det mest varit underbart sommarväder. Senare i veckan ska jag testa vedspisen i torpet. Om strömmen går kan jag laga mat."

"Jag har saknat dig så innerligt och är otroligt lycklig över att ha dig hemma", viskade Siv med tårar i ögonen. Hon harklade sig. "Din pappa högg upp ved till dig. Om strömmen går i området kan vi komma hem till dig och äta." Det blev en stunds tystnad. "Kan jag med att fråga din pappa om vi kan dela dubbelrum i Singapore. Jag är rädd att sova ensam. Tänk om jag får ett ovälkommet besök."

"Jag tog för givet att ni skulle dela sovrum. Aldrig att jag skulle vilja sova ensam där. Det är underbart att vara hemma hos dig, mamma."

De kramade om varandra och gick mot bilen.

"Jag ska prata med Sören. Oavsett vad han önskar kommer jag ringa till din pappa och fråga. Har du sett att parkeringen ligger längre in mellan träden? Din pappa har ordnat det också. Angående narkotikan hemma hos mig, jag ringde honom och berättade. Jag ville att han skulle leta igenom sin lägenhet."

"Bra gjort. Tack mam, Siv", svarade Lisa och suckade högt. "Så fort jag slappnar av glömmer jag mig. Det är farligt med tanke på vad vi har framför oss. Ni har jobbat hårt för mig. Tack för allt."

"Självklart har familjen hjälpts åt. Jag förstår att du vill hämta hem dina barn, men du är mitt barn. Hela det här projektet skrämmer mig. Självklart vill jag ha hem mina barnbarn. Jag hade kunnat döda Daniel för allt han har ställt till med. Hade han stått här framför mig hade jag säkert frusit till is. Det är lätt att prata och vara tuff, men när det väl gäller vet ingen hur man reagerar."

"Det kommer en bil på skogsvägen."

Genast rusade kvinnorna in i skogen och kikade fram bakom två träd. En bil körde upp och parkerade jämte Sivs.

"Vi är här, Sören!" ropade Siv och vinkade.

"Gömde ni er? Bra tänkt! Jag åkte till golfbanan. Men jag blev orolig över allt som hade hänt. Därifrån ringde jag till polismannen Birk i Stockholm. Jag berättade allt för honom. Efter ett par timmar ringde han tillbaka. Fler samtal kom från Göteborg. En kvinnlig polis kommer hem till oss, din väninna Maria. Ni två är i samma ålder, Lisa. Kommissarien tyckte att jag skulle skaffa nya lås i källaren och även belysning. Maria har med sig utrustning av olika slag. Redan i kväll kommer hon och sover hos oss. Förlåt, att jag ringde Birk, du sa att du skulle göra det."

Sören visade ett par bilder på en allvarlig kvinna och samma kvinna som skrattade med hela ansiktet. Värme utstrålade sig från henne. En känsla av trygghet och att kunna andas kom över Lisa.

"Ja, jag skulle ha gjort det, men tack för att du gjorde det. Tänk om denna Maria kunde dela torpet med mig under ett tag. Vi kan träna ihop. Hon kanske har bra tips på hur jag ska agera."

"Det vore det bästa av allt. Mer trygghet för oss alla", viskade Sören, men tittade på sin fru.

När de kom tillbaka hem kollade Sören låsen på källardörrarna, tog foton och skruvade fast glödlampor som satt löst. Ingen av dem hade vågat tända lamporna. Någon kunde se vad de gjorde. I sin tur fixade kvinnorna kvällsmat. Den blev färdig fortare än de trodde. Ljuset utifrån blev allt sämre. Sören lät allt ligga till morgondagen.

"Jag köper nya lås i morgon. En stol låste fast dörren. Nu kan ingen ta sig in via källaren."

"Tack, jag hade inte kunnat sova", mumlade Lisa uppriktigt.

Efter kvällsmaten plockade Lisa i ordning efter dem. När hon var klar tog hon på sig tofflorna och gick ut. Promenaden tog henne ner till den lilla sandstranden som var tio meter bred. Hon gick tillbaka till altanen och hämtade en stol. Tryckte ned stolen i sanden och satte sig. Minuter tickade på. Lukten från sötvattnet gjorde gott. Hon, Åsa – Lisa var hemma i Sverige. Hos mamma. Varje dag i fängelset hade hon längtat hem till familjen och den svenska naturen. Nu inväntade hon solnedgången, även om den inte syntes från stranden glittrade vattnet i alla slags färger. En råhet kändes i luften. Hösten var sakta på väg.

En känsla av lugn infann sig, men skräcken låg och lurade. Hon undrade om det någonsin skulle ta slut. Livrädd att dra med sig familjen ner i graven. Den känslan gjorde mer än ont. Var det Daniel som låg bakom narkotikan i mammas hem? tänkte hon oroat. Vet i så fall Octopus om det? Tankarna om detta skulle förmedlas till poliskvinnan Maria. Hon blundade och försökte tömma hjärnan på brus. Det var inte lätt, men meditation var otroligt viktigt för hälsan. Lugnet. Ständig stress dödar och lämnar smärtor i kroppen. Bit för bit fick hon bort grubblandet, bara det var en kamp. En ny känsla gled in. Det var fullkomligt tyst. Inte ens en fågel sjöng. Vindstilla. Plötsligt slog Lisa upp ögonen. Någonstans i närheten lät det som smygande fotsteg. Dessa kom bakom henne, hon ryckte till. Stolen gungade av rörelsen. En man hoppade runt henne.

"Aj, som fan."

Bara för att det var Sören som hoppade omkring skrattade hon högt.

"Du överraskade mig. Jag blev rädd för fotstegen."

"När du hoppade högt blev jag livrädd. Jag såg dig inte."

"Jag nickade till i stolen."

"Nickade till? Du har varit borta i två timmar. Klockan är tio nu. Din väninna Maria är i närheten. Hon ringde precis. Jag förklarade vägen."

Stelt reste sig Lisa och drog stolen från sanden. Sören tog den.

"Kan jag få numret till Maria?"

Sören visade sin mobil. Genast gick Lisas fingrar över bokstäverna. Hon sms:ade till Maria om sina idéer. Visade upp meddelandet hon skickade. Sören läste länge och väl. Ett surrande ljud kom tillbaka. Båda läste meddelandet och log mot varandra.

"Sören, Lisa tycker om kvinnor också. Bra att Maria förstod min förfrågan. Det är lättare att kramas och viska till varandra om så behövs. Fritt förhållande kallas detta mellan Maria och mig. Bara så att du vet det", log Lisa stort.

"Bra tänkt", viskade Sören. De gick tillbaka in i huset.

"Siv bäddar rent i strykrummet."

"Skönt att Maria kommer hit."

Gemensamt gick de ut och mötte Maria. Visade in henne i huset. Ställde väskan i rummet hon skulle sova i, därefter gick de till baksidan av huset. Lampor lyste delvis upp trädgården. Sötaktig doft från sent blommande rosor svävade in. I bersån drack de kaffe och åt tilltugg långt in på natten. Den natten sov Maria och Lisa i var sitt rum.

Redan på morgonen hade Sören varit i väg och inhandlat nya lås. Dessa höll han på med. Siv hjälpte till. En av lamporna som satt i taket skulle också fixas. Genast skyndade hon sig till stegen, tog först bort en plywoodskiva och flyttade den hastigt. Något klirrade till.

"Vad var det?" frågade Sören.

"Lampan gick sönder. Jag hämtar en ny."

"Ta det lugnt."

"Då fixar jag i det lilla förrådet också", sa Siv i förbigående.

Med snabba steg gick hon in i det lilla förrådet. Tog en planka som stod lutat mot väggen och flyttade på den. Återigen klirrade det till.

"Vad hände!" ropade Sören.

"Ta med dig en glödlampa till. Jag är klumpig."

Skyndsamt tog Siv ett kliv fram och trampade på något svart. Med sopborsten sopades glas upp från video och glödlampa. Hon tittade på skrapmärkena vid byråns fötter. Satte sig på huk och drog försiktigt i byrålådan. Ställde sig häpet upp. Hoppade till när hon kände Sören bakom sig. Pekade i lådan med ficklampan i handen.

"Det är högt i taket. Härinne är taket lägre. Konstigt hur de byggde huset."

"Visste du att Maria och Lisa är tillsammans. Tydligen ska de prova att bo ihop i torpet. Det är skönt med tanke på att torpet ligger avsides inne i skogen."

Mest lät det som ett allmänt struntprat ifall någon lyssnade. Sören var grå i ansiktet. Höll på att ta foton med sin mobil och tryckte in lådan igen. Kollade för säkerhets skull de andra lådorna. Inget. Tillsammans gick de uppför trapporna. Medan Siv gick till toaletten passade Sören på att ha ett samtal med de yngre. Maria visade nytt innehåll i mobilens värld som Lisa övade på.

"Ursäkta, jag ville inte knacka ifall någon hörde mig. Narkotikan är borta. Vi låtsades vara klumpiga och gjorde antagligen sönder videoinspelningar. Här är resterna. Senare idag kan vi sätta upp tre kameror ute. En ute på vägen, på baksidan och en på framsidan av huset. Alla ytterdörrar får nya lås."

Båda nickade och höll med. Nu ställde sig Sören jämte dem och visade foton från sin mobil att lådan var tom.

"Undra om det var killarna som var här tidigare? Vi kollade aldrig", viskade Lisa.

"Tidigare har jag inte sett att någon har haft en förvaring hemma hos oss", berättade Sören nervöst. "Jag gick runt därnere och tittade efter fler gömställen. Ovanpå en bärande stolpe nära taket fanns en dammig påse. Jag ställde mig på en stol och nådde upp."

"Tänk om Daniel en gång i tiden slängde upp påsen. Han är längre än dig. Du sa att den var dammig. Mamma kan inte nå så högt upp. Vi pratade tidigare om Daniel", förklarade Lisa för Maria. "Angående drogerna i byrålådan tror vi att Daniel frilansar. Extrapengar för honom. Ligan kanske inget vet, men han har gamla vänner här hemma. Vänner som jag aldrig har träffat. Med hot kan han utnyttja eller sänka alla i min familj."

"Så tyder jag det också. Under min resa hit pratade jag med bland annat polismannen Birk. Han berättade en hel del utifrån det han kände till. Jag tror också att ditt ex kan ha en gömma härute. En säkerhet för honom. Alltså är han ingen höjdare, men är gift med en kvinna som troligtvis är det. Vad ni än gör lev som vanligt."

"Det tror jag också. Undra om Daniel hade en reservplan för mig? Tänk om han fick reda på att jag hade överlevt mordförsöken. Dessutom kom jag ut tidigare från fängelset i Australien. Jag var svårt skadad och nära döden. När jag blev frisk fick jag civil poliseskort från Australien och hem. Säkert förstod han att jag åkte direkt till mamma. Jag kan tänka mig att han ringer anonyma samtal och försöker sätta dit mig för droger igen. Mamma och Sören åker dit för skydd av brottsling. Daniel vill krossa eller hota oss till lydnad."

Lisa tog sig för bröstet och flackade oroligt med blicken. Det såg Maria och markerade med några ord.

"Birk berättade en del om honom. Vill han krossa dig kanske han först börjar med din familj och sist dig. Du måste verkligen vara observant", mumlade hon med tårar i ögonen.

"Min dotter är död. Tänk om han förstår att vi vill hämta hem barnbarnen. Då hotar han oss med narkotikan här hemma. Så tänkte jag", sa Siv och steg in i rummet.

Lisa berättade vad hon precis hade sagt till Maria.

"Siv, vill du gå med oss på en långpromenad?"

"Jag vill inte lämna Sören ensam hemma. Inte trodde jag att mitt liv skulle bli en vilda västern. Gör i ordning kaffe och smörgåsar. Häll upp vatten i petflaskor. Lägg allt i en ryggsäck. Ute i naturen går timmarna fort."

Kvinnorna gjorde i ordning var sin ryggsäck och vandrade in i skogen. De gick olika gångstigar, förbi små bäckar och kom fram till olika hus. Vid ett vackert ställe mitt inne i skogen satte de sig, åt och drack kaffe i tystnad. Båda behövde det. Fåglarna, särskilt koltrasten, sjöng med olika stämmor. Lukten av skog och stillhet släppte alla tankar.

"Jag såg att du hade med dig din cykel. Vi träningscyklar här inne i skogen."

"Underbart."

Sedan blev de tysta igen.

"Ska vi gå? Vet du att vi har suttit här i en timma. Du förstår charaden? Ifall någon iakttar oss och förmedlar till Daniel. Då tror han inte att jag är Åsa", mumlade Lisa lågt.

Stelt reste de sig och påbörjade promenaden tillbaka. Väl hemma fortsatte diskussionerna stillsamt. Ute i bersån övade de sig på att bli naturliga mot varandra. Fortfarande fnissade de. Återigen instruerade Maria Lisa i mobilens och datorns värld. Lisa i sin tur hade mängder av frågor.

"Innan vi äter middag hinner ni ta en båttur och ro ut till olika vikar."

"Siv, det är redan eftermiddag. Är det säkert att du inte behöver hjälp?"

"Nej, jag vill skämma bort er. Ekan ligger och väntar. Middagen går att värma. Iväg med er."

Genast gick de ut på bryggan, båda tog av sig skorna. Maria fick satt sig i båten. Lisa putte ut ekan och klev i den. Tog årorna. Med krafttag rodde hon ut på sjön. De gjorde som Siv hade sagt och bytte plats en stund senare. Maria kämpade med årorna innan hon kom på hur man skulle göra. I tystnad rodde de. Foton togs på omgivningen vilket Lisa fortsatte med. I två timmar var de ute.

"Sätt er och ät", sa Sören när de var tillbaka.

"Du hade rätt, Siv. När man har varit ute i friska luften blir man hungrig."

Maria var rosig på kinderna. I sin tur var fortfarande Lisa en aning blek från fängelsetiden, men särskilt efter den svåra skadan. Varje dag försökte hon få lite färg i sitt ansikte.

"Vi kan inte ha en överblick om Daniel eller hans vänner kommer hit. De kan utgå från en plats där de kan komma hit via sjövägen."

Diskussionerna fortsatte om livet och om de kriminella.

"Om scenariot skulle bli det värsta förstår jag att ligan kallas för Octopus. En stor sjöstjärna är magnifik. Lisa berättade om en arm kapades växte den så småningom ut igen."

Siv tittade ner på tallriken. Det blev tyst runt bordet. Alla förstod. Sören reste sig och plockade undan. Det blev startskottet. Alla hjälptes åt.

"Nu lämnar jag er. Hoppas att ni kan sova. Nu är vi fyra i huset", sa Sören och log vänligt.

"Jag visar Maria källaren nu."

"Bra idé! Jag lägger mig och läser. God natt."

"Tack för maten. God natt, Sören."

"Jag kommer strax", sa Siv till honom.

"Jag är otroligt ledsen över detta med byrålådan. Men jag får sällskap i skogen. Mamma, hur kunde jag komma på att vara tillsammans med en kvinna och till och med kyssa henne. Maria känner likadant. Det är lite löjligt."

"Åsa kunde inte, men Lisa kan. Förstår du?" rösten lät mammasträng.

"Mamma, du är smart. Jag är ju Lisa nu. Daniel vet hur Åsa är."

Med dessa ord stirrade Lisa på sin mamma och svor inom sig. Alla tre gick upp på övervåningen.

"Vi får öva oss på att kramas och en puss på kinden. Inne i torpet kan vi då och då låtsas att vi kysser varandra", sa Maria i sin tur och fnissade till. "Det blir något att berätta för mina barnbarn."

"Har du barn?" frågade Lisa nyfiket.

"Nej, jag får göra dem först", fnissade Maria och försökte trycka ned fnissningarna.

Flera höga hostningar kom i stället och så fnissade hon ännu högre. På grund av Marias glittrande ögon och härliga fniss började både Siv och Lisa skratta högt.

"Kramas redan nu. Jag ser på. Ni måste se kära ut. Det har förstås en annan innebörd än att bara ge någon en kram", sa Siv lågt, men hade ett stort leende.

Lisa råkade slå till Maria i ansiktet med sin arm. I sin tur visste inte Maria var hon skulle lägga sina händer på Lisa. Då började de fnissa igen. En förvånad man stod vid dörröppningen. Fnisset steg ännu högre.

"Tjejer, ni skrattade högre än ni trodde. Uppför er normalt. Kramas som ni alltid gör. God natt med er." Sören vände och gick ner till bottenvåningen.

"Jag kan sova jämte dig, Lisa. Det var skönt att få skratta."

"Det blir lite trångt, mamma, men självklart får du plats."

"Du måste säga Siv om din mamma. Få in den vanan. Är det något jag ska tänka på här i huset?"

"Trapporna och golvet knarrar här och där. Om man ska smyga måste man lära sig var man sätter fötterna. Jag tänkte förstås på inbrottstjuvar", mumlade Lisa.

"Jag har märkt att det knarrar."

"Ett gammalt trähus lever. Trapporna knarrar. Det kan helt enkelt vara vädret som spökar", berättade Siv lugnt.

"Inget knarrande hördes från Sören när han gick upp och ned."

"Vi har blivit irriterade över knarret och har lärt oss vilka trappsteg som låter. Jag går och lägger mig. Se er kramas var det bästa på länge. Den ena verkar få ett blåmärke vid ögat och den andra bröt säkert ett revben. God natt."

"God natt."

Återigen fnissade de. Siv gick ut och stängde dörren efter sig. Maria och Lisa satte sig på var sin säng och pratade. Det var bestämt från början att Maria skulle ha ett eget rum, men de ändrade sig. Sängen som stod på motsatta sidan i Lisas rum bäddades. På grund av det fick de mer tid att prata med varandra. I mörkret berättade Lisa livet med Daniel och barnen. Fortsatte när Viktoria började på hennes jobb. Till sist resan till Bangkok och slutstationen, när hon fastnade i tullen i Sydney. Vidare berättades det om upplevelserna under fängelsetiden. Hur anpassningsbar en människa kan tvingas bli. Men en viktig sak hade hon förstått, när hon väl kom ifrån sin man tog det flera år innan hon började läka sig från honom. Samtidigt var hon tacksam att han ofta var bortrest i sitt arbete.

"I fängelset bad pappa mig ta bort alla känslor och verkligen se honom. Min självkänsla var i botten. Jag läste psykologi och mycket om psykopati, men gick över till narcissism. Då förstod jag att han gradvis hade tagit över min hjärna. På mitt arbete var jag en helt annan person och steg i graderna."

"Misshandlade han dig?"

"Inte fysiskt. I fängelset förstod jag också att han behövde ha en front utåt med fru och barn, dessutom utnyttjade han mig ekonomiskt. De sista åren förändrades vårt förhållande tydligt, men även där kom det smygande. Åren tillsammans satte djupa spår i hjärnan. Det tog lång tid för mig att förstå vem han verkligen var. Pappa sa att jag inte fick se mig som ett offer."

Här och där inflikade Maria och frågade en del. Nu fick också Lisa berätta om sin ständiga längtan efter sina barn och kände genuint att Maria var intresserad. I sin tur berättade Maria lite om sitt liv. Den senaste killen som hon hade bott ihop med hade nyligen flyttat ut. Trettiosju år gammal hade hon lite panik med tanke på barn och familj. De blev tysta.

"Kan Sören vara inblandad i Daniels affärer? Med tanke på narkotikan i en gammal byrålåda. Du kom nyss. Det var lägligt att narkotikan dök upp. Ingen tittade där. Din mamma hade städat innan du kom. Då fanns inget. Förstod jag rätt?"

"Ja, men jag har svårt att tro det om Sören. Mamma skulle bli knäckt, hon älskar honom." Återigen blev det tyst. "I så fall har Daniel fått reda på att jag lever. Nej, det får inte vara sant."

"Du trodde inte att din exman sålde knark och tillhörde en stor liga."

"Nej, jag skulle aldrig göra något kriminellt. Vi är fortfarande gifta. Han förfalskade dokumenten. När barnen är skyddade ska jag ansöka om skilsmässa", väste Lisa med sammanbitna läppar. "Vi ringde inte polisen, det var för min skull. Polisen skulle undersöka oss och jag fanns ingenstans. På något sätt kanske Daniel får reda på att jag lever och tar sig hit."

"Glöm inte en sak, Lisa. Åsa är död. Okej?" Nu nickade Lisa bara. "Vi spanar lite. Du berättade att Sören hade stora arbetsområden härute. Tänk om drogkurirer använder Sören och hans bil. Har du tänkt på det?"

Lisa skrattade lågt.

"Hur? Om han är med i ligan borde dessa personer ha hans extranyckel."

"Vi vet inte. Eller hur? Båda källardörrarna var upplåsta", svarade Maria eftertänksamt. "Du är här nu. Var det för att oroa er?"

"Jag förstår hur du tänker. Fortsätt."

"Vi måste tänka öppet och vidga våra horisonter. Var parkerar Sören när han arbetar?"

"Jag har frågat honom. Givetvis kör han till olika företag och parkerar hos dem. Sörens arbetsplats utgår från Alingsås. Som reparatör har han ett stort distrikt. För övrigt står bilen på hans arbetsplats."

"Tänk om kurirerna låter honom ovetandes köra droger för dem. En bil kan följa efter. Stannar polisen dem finns inget. Bilen står parkerad och de har en reservnyckel. Där tar de droger som ska säljas i orterna. Men Sören verkar ordningsam", muttrade Maria. "Kanske han inte alltid städar i bilen. Vet han varje pinal i bilen?"

"Ja, han har järnkoll. Bilen är inlåst på företaget. Jag får inte ihop den här historien. Det konstiga är fortfarande byrålådan och de olåsta dörrarna. Mest underligaste var den dammiga påsen med droger nästan i takhöjd nere i källaren.

Mamma och jag når inte ens upp med en stol. Daniel gick runt därnere och kollade varje vrå. Hoppas att han är kvar i Singapore. Då vet jag var han finns."

Återigen blev det tyst.

"Så tyst det är här ute."

"I gårkväll hämtade jag en stol på altanen och satte mig nere vid sjön. Det var verkligen rogivande. Vänta tills vi kommer till torpet. I början vaknar du väldigt tidigt på morgonen. Så fort det ljusnar en aning blir fåglarna som galna. Det är i och för sig mest på våren. Nu är det augusti och fåglarna är lite lugnare. Det är färre trutar härute jämfört med Göteborg." Tystnad. "Det lät som jag sålde fåglar i en djuraffär", fnissade Lisa.

Återigen tystnad.

"Ursäkta om jag har hängt upp mig. Förstod jag rätt att de hade haft inbrott tidigare? Låsen var svåra att låsa upp? Tittade de efter om något saknades?"

"Mam, Siv, nämnde något om det. Inte en pryl saknades."

"Inte en pryl. Har de kollat om reservnycklarna till bilarna och huset är kvar."

"Ingen av dem har nämnt nycklar. Jag har fått en dörrnyckel. I vanliga fall hade jag knackat på deras dörr och frågat, men jag vill inte skrämma dem. Tänk om det är som du säger att Sören är inblandad i ligan."

"Det var mest mina tankar, Lisa. Jag ville se och höra hur du reagerade. Du berättade att han verkade vara genuint orolig för dig och dina barn, men särskilt för Siv."

"Jag kan inte förklara, mellan dem två andas kärlek. Deras förtrolighet, tysta smekningar och uppmärksamheten gentemot varandra. Den känns äkta."

"Vi måste lita på honom. I morgon frågar vi om nycklarna. Klockan är tre. Vi behöver sova."

"Sshhh! Lyssna", viskade Lisa plötsligt.

Båda blev tysta. Tassande fotsteg hördes från bottenvåningen.

Kapitel 4

"Vi smyger ned. Jag är polis och går först", viskade Maria lågt.

Dörren öppnades försiktigt. Maria gick före med ficklampan, men tände den inte. Steg för steg tog de. Ficklampsljus på bottenvåningen pekade hit och dit. Fortfarande hördes steg och lådor som drogs ut. Då råkade Maria ta fel trappsteg. Det knarrade högt. I huset blev det fullständigt tyst. Själva stod de spända och väntade. En skugga syntes utanför källardörren. Då tände Maria ficklampan. Sören och Siv stod vid dörren, de såg vettskrämda ut.

"Hörde ni också ljud", viskade Lisa överraskat.

"Nej, bara från er. Kom, vi går till vårt sovrum", viskade Sören forcerat.

Alla fyra gick in i sovrummet. Sören stängde dörren om dem.

"Siv och jag hade ett samtal om narkotikan plus våra upplåsta dörrar."

"Vi kom på att vi har glömt att låsa här ute i ingenstans. På vägen är det ingen större biltrafik. Vi undrade om någon hade varit inne i huset, stulit våra nycklar och kopierat dessa. Eller förr, när Daniel var här. Han kunde ha tagit nycklar, kopierat dem och lagt tillbaka nycklarna i skåpet. Alla nycklar till bilar och hus förvaras i samma skåp."

Sören avbröt Siv.

"Våra reservnycklar till bilarna är borta. Vi har letat i skåp och lådor. Tycker inte ni att det är underligt", undrade Sören oroligt. "Ska jag behöva vara orolig när min fru är ensam hemma", rösten gick upp i falsett.

"Varför tände ni inte i hallen så att ni såg bättre."

"Jag ville inte. Någon kunde se oss utifrån", viskade Siv.

"Sören, vi behöver en rejäl whisky", sa Lisa lugnande.

"Jag hämtar whisky och glas", viskade Siv och tog ett par steg, men tvärnitade framför dörren. "Jag vågar inte öppna den där jävla dörren", stammade hon fram.

"Jag följer med dig, Siv", viskade Maria.

Några minuter senare var de tillbaka och hällde upp rejält med whisky. Alla fyra satt på dubbelsängen och samtalade.

"Vilken tur, Maria, att du har möjlighet att bo inne i skogen med Lisa. Jag hade inte haft en lugn stund."

"Siv, andas."

Sören la sin hand på Sivs arm.

"Hur ska vi kunna leva på det här viset? Min tidigare svärson ska inte få förstöra våra liv. Det här huset har vi renoverat själva. Varje pinal är inköpta med eftertanke. Vi har blandat gammalt och nytt, men mest ville vi ha ett trivsamt hem, vårt hem. Varje dag efter jobbet har jag suttit på trappan i några minuter och bara njutit. Nu börjar vårt hem kännas som ett fängelse. Knappt att jag vågar gå härinne, vi vågar heller inte åka härifrån. Fy fan! Tvi, tvi!" sa Siv och grimaserade tydligt.

"Det är hemskt. I fängelset blev jag lärd att inte visa känslor. Känslor syns. Vi borde vänta innan vi sätter våra planer i verket."

"Vi måste verkligen planera gällande dina barn, men du kan inte vänta för länge. Bara tanken att Daniel skulle försvinna från Singapore och plötsligt står utanför vårt hus är fruktansvärt. Men jag ska vänta på honom. Innan dess måste jag vidta åtgärder", sa Sören bistert.

"Ursäkta Sören, hur mår du? Du är högröd i ansiktet", undrade Maria oroligt.

"Lite stressad, men ingen fara. Jag måste gå igenom våra bilar."

"Nu skiter vi i allt. Jag har blivit svinhungrig. Nu bryr jag mig fan inte om den där ligan. Vi går till köket och fixar omelett."

Häpet tittade Lisa på sin mamma. Man ska aldrig äta på nätterna. Svär inte. Det var mammas motto.

"Mamma gillar vin, men du har kanske ett par kalla öl i källaren, Sören."

Genast reste de sig och började skratta. Tog glasen och var på väg att öppna dörren.

"Vänta", väste Sören fram. "Ölen är i källaren. Jag är ganska modig av mig, men inte övermodig."

"Maria, kan du gå med Siv till köket? Vi två går ned och hämtar öl. Sören klampa i trapporna. De kanske tror att vi har tagit lite narkotika av dem", skrattade Lisa högt.

Ölen hämtades. I köket var det full rulle. De satte sig ned och åt som om de aldrig hade sett mat. Sören och Siv berättade om alla gräl de hade haft under renoveringen. Varje detalj gick de igenom.

"Varför höll jag inte tyst om bagateller", sa plötsligt Siv. "Så här efteråt känns det löjligt att vi bråkade om petitesser. Vi vet inte vad vi har framför oss."

"Petitesser? Du hade varit och handlat fel målarfärg sent på en lördag, men det viktigaste hade du glömt, ölen och whiskyn."

Kärleksfullt tittade de på varandra och skrattade åt sina minnen.

"Ni underlättade för varandra. När jag levde med Daniel underlättade jag också för honom. När jag satt i fängelset tänkte jag ofta över mitt liv. Det var sällan Daniel underlättade för mig. Jag var sönderstressad. Tog oftast på mig våra fel. Stress är farligt. Om jag träffar en ny man kommer jag aldrig att stressa på det viset igen. Lever man ihop ska man hjälpas åt. Givetvis finns inte millimeterrättvisa", sa Lisa bestämt.

"Vad du än hade för diskussioner med Daniel hade inget hjälpt. Sådana typer av män tänker bara på sig själva. Eller kvinnor", muttrade Maria.

"Varför tog det slut mellan dig och din sambo, Maria?"

"Petitesser. Vi bråkade nästan varje dag om småsaker, men aldrig om de större. Kärleken tog slut. Tror jag", la hon till.

"En del förhållanden behöver pausa. Vi lever i en hektisk värld där mobilen sitter i var mans näve. Man är ständigt uppkopplad. Mobilen går före allt annat."

En stund av eftertänksamhet rådde. Ingen tänkte på det, men alla fyra började fingra på sina mobiler. Särskilt Lisa som hade varit borta ifrån mobilernas värld under fem år.

"Mycket är sant, Siv. Jag var uppkopplad dygnet runt. Till och med under sexet. Mobilen surrade och jag kunde glömma mig." Hon harklade sig. "Förhållandet kanske inte var så bra. Nu ska Lisa och jag bo ihop ett tag. Jobbet ska fixas. Efter det ska jag ha ett samtal med mitt ex. Jag stormade nämligen ut från vårt förhållande. En metafor. Lägenheten är min."

"Tänk om han träffar en annan kvinna under tiden. Det
här jobbet kan ta tid", viskade Lisa.

"Då får jag skylla mig själv. I så fall var vi inte menade
att leva tillsammans. Vi kanske kan träffas och ventilera vad
som hände. Då är det lättare att gå vidare."

"Bara du inte ångrar dig. Jag förstår att du vill prata med
honom", sa Lisa och lät uppriktig. "Låt inte jobbet gå före."

"Jag ska vara helt uppriktig, Lisa. Jag vill göra det här.
Angående drogerna i er källare, ni förstår att jag måste prata
med min chef igen."

Återigen blev de tysta. Sören harklade sig.

"Givetvis. Bara inte en polisbil kommer hit." Han hark-
lade sig igen. "Jag har något annat att berätta. Något som
handlar om allt det här. Jag borde ha berättat detta för dig
tidigare, Siv. Du har haft det jobbigt en längre tid." Alla tre
kvinnorna tittade oroat på Sören som skruvade på sig. "Det
här är svårt för mig. Jag hade tre barn, två söner och en dot-
ter. Jag bad mina söner att aldrig prata om sin syster här
hemma. Min dotter dog endast tjugoett år gammal. Hon
bodde ihop med sin pojkvän. Vi träffades aldrig. När vi
skulle träffas var han alltid upptagen eller bortrest. Min dot-
ter förändrades. Berättade för oss att hon skulle göra slut
med Erik. En opålitlig typ. Konstiga affärer. Oro. Kontrolle-
rande. Lurig. Efter det samtalet ringde vi henne både dag
och natt. Hon hittades död av en överdos i lägenheten. Pojk-
vännen hade inte varit hemma, han var oskyldig, enligt po-
lisen. Vi hade inte sett honom i verkliga livet. Vår dotter
hade tidigare skickat ett par foton på honom via sin mobil.
För övrigt var lägenheten väldigt ren. Inga fingeravtryck

fanns från honom. Han kom heller inte till begravningen. Det dröjde ett år tills jag såg honom igen."

"Varför har du inte berättat det för mig?" flämtade Siv med tårar i ögonen.

"Jag kunde inte." Sören tittade direkt på Lisa. "Jag upptäckte nämligen att din dotter nyligen hade gift sig med honom och att de hade fått en dotter. Då bodde han ihop med min och din dotter samtidigt. Lägenheten stod på min dotter, enligt henne bodde de ihop."

Nu flämtade alla högt.

"Daniel", viskade Lisa.

"Jag ville döda honom med mina bara händer, men det kändes för lätt. I stället ville jag sätta honom i en bur och sakta sänka ned buren i vattnet. Se honom pinas för att sedan dö."

"Känner du fortfarande likadant?" frågade Lisa och lade sin hand på hans.

"Det sägs att sorg och hat mildras med åren. Men den mannen mördade min lilla flicka med berått mod. Likadant har han gjort mot dig, Lisa. Han har krossat dig och dina föräldrar. Förstört allt i er väg. Dina barn", sa han med tårar i ögonen. "Den där Daniel är en riktig farlig människa."

Tårar droppade nedför Sivs ansikte.

"Ja, det är sant. Var det på grund av din dotters död du och din fru skilde er?"

"Sorgen och vårt dåliga samvete knäckte oss. Enligt min dotters väninna var hon rädd för sin pojkvän. Väninnan berättade att hon tvingades sälja droger. Erik hade hotat ta livet av oss. Min dotter hade aldrig nyttjat droger. Det sa alla som kände henne. I dokumenten stod det att min vackra dotter dog av en överdos. Men hon blev mördad av någon som Daniel kände. Återigen kom han undan. Återigen såg han till att någon annan gjorde det. Precis som han gjorde mot dig tidigare, i och utanför fängelset, Lisa", det sista viskade han.

Rösten bröts. Tårar droppade nedför ansiktet. Han snörvlade till.

"För jävligt. Samma man satte dit min dotter och hon fick en stämpel. Knarklangare. Domen blev fängelse i många år. Den värsta domen var att han stal deras barn. Min andra dotter har fått flytta ett flertal gånger för dessa kriminella. Ja, vi har sannerligen fått lära oss vem den mannen är. Får vi honom till vårt hus hjälper jag dig att bygga den där buren."

"Nej Siv, ni måste få honom dömd. Det är viktigt att följa lagarna", sa Maria skyndsamt. "Jag måste säga orden. Berätta inte för någon att jag håller med er", viskade hon.

"Åker han dit för olika brott i Sverige kommer han ut tidigare för gott uppförande. Efter det står han utanför vår stuga. Frågan är om polisen kommer att hitta bevis mot honom. Andra tycks ta på sig dem. Då är det bättre att han blir fälld i Singapore. Där kastar rättsväsendet bort nyckeln", svarade Siv hatiskt.

"Han kommer att vänta. Så gjorde han med mig i fängelset. Ingen skuld får hamna på honom. Pengar tycks han ha gott om", sa Lisa bittert i sin tur.

De började diskutera hur de skulle kunna ta hans liv och på vilket sätt. Den ena blev värre än den andra. På det viset lättade samtalet och de skrattade högt.

"Mamma, bli inte arg på Sören. Du och pappa varnade mig för Daniel. Jag lämnade honom inte. Hade ni bearbetat mig hade Daniel säkert märkt det. Farliga problem hade uppstått. Vet min pappa om det här, Sören?"

"Ja, jag berättade allt för honom när du hamnade i fängelset. Din mamma var förkrossad. Fotot, som jag hade på Daniel visade jag din pappa. Besöken här blev många. Siv trodde att det bara berodde på din fängelsetid. Vi ville inte oroa dig, Siv."

"Jag hade velat bestämma det själv. Men det är ingen idé att skrika på varandra. Jag har bara en fråga. Träffade du mig för att min dotter var ihop med honom? Svara ärligt."

Sören la sin hand över Sivs.

"Efter ett år av sorg började jag skugga honom och såg din dotter. Ett par år senare såg jag dig." Nu försökte Siv dra åt sig handen, men Sören höll handen i ett stadigt grepp. "Din värme och ditt leende smälte isen i mig. Jag blev kär i dig. Tiden gick. Vi började umgås och flyttade ihop. Tror du inte att jag hade velat berätta om min dotter för dig. Då hade du hatat din svärson ännu mer. Han hade förstått. Vi vet vad han är kapabel till. Självklart ville jag sätta upp ett foto på min dotter. Jag vågade inte. Daniel kunde se fotot. Hur tror du det kändes för mig när han var här? Jag ville döda honom."

"Jag förstår dig verkligen, Sören", sa Lisa vänligt.

"Jag också", viskade Maria och tittade ned på bordet.

"Du blev kall och avståndstagande när han var i närheten."

Siv smekte hans skäggige kind.

"Vilket helvete du och din familj har gått igenom", hennes röst var fylld av ömhet. "Hoppas att den där människan dör. Då kan du ha ett samtal med din dotters mamma. Ni behöver det. Ska vi fortsätta diskutera hur vi ska förstöra hans liv?"

Återigen flödade samtalen om hur och på vilket sätt de skulle gå till väga. Den ena blev värre än den andra. Till slut började de skratta högt. Återigen sa de god natt och kom till slut i säng.

"Såg du att det började ljusna ute?"

"Ljusna? Det är kolsvart ute. Jag saknar gatlyktorna hemma i Göteborg", skrattade Maria högt.

På morgonen låg alla och drog sig. Långt om länge gick de upp och åt en sen frukost. Tillsammans satte de upp kameror. Lisa fixade program i sin dator. När det var gjort gick Maria och Lisa ner till källaren där hon pekade på byrån och spåren på golvet. Visade trappstegen upp till dörrarna som vette ut mot framsidan. Lisa hängde på sig ryggsäcken. Återigen blev det en långpromenad. Denna gång gick alla fyra tillsammans. Efter genvägen i skogen trädde torpet fram med sin trädgård. Häpet tittade Maria på torpet.

"Torpet ligger fantastiskt, men väldigt avsides. Vägen är verkligen smal. Det är både bra och dåligt."

"Vi ska fixa kameror här också. Innan vi gick gjorde Siv smörgåsar och kaffe. Vi kan sätta oss i din trädgård och fika, Lisa", mumlade Sören vänligt.

"Ursäkta om jag låter negativ", mumlade Maria. "Din äldsta dotter är tonåring, den andra är på väg att bli det. Vill de verkligen bo mitt inne i skogen? I livet ingenstans."

"Kanske, men jag tror inte det. Vi får tid att lära känna varandra och för återhämtning. Jag tänkte åka runt med bil tillsammans med mina barn och kika på ställen var vi kan bo."

"Då måste du först ha ett arbete. Annars får du ingen lägenhet. Lägenhetsköerna är många års väntetid. Dina barn behöver cyklar. De kan cykla hem till oss", sa Siv och lät längtansfylld.

Sörens blick gick in i skogen. Kvinnorna förstod. Hans dotter fick aldrig uppleva lyckan med barn. Förbannade mördare.

"Barnen kan cykla till busshållplatsen", sa han plötsligt.

"Vilken busshållplats?" frågade Lisa förvånat. "Jag har inte sett en enda."

"Det finns en hållplats längre bort."

"Jag minns inte att det gick en buss här. Hur klarade sig människor förr?" sa Lisa lågt.

"Tänk om ni kommer hem mitt i februari månad. Den kallaste månaden."

"Åh Siv, det hade jag inte tänkt på. Jag måste ha en lägenhet i stan. Hur ska barnen komma till skolan? De kommer dessutom frysa här hemma." Vemodet lyste i Lisas ögon. "Tänk om de hellre vill bo kvar i Singapore. Värme året runt", viskade hon. Ögonen fylldes av tårar.

"Inte heller kan du gå till sociala och be om en lägenhet", sa Maria lågt.

"Ni får bo hos oss tills du får jobb och bostad. Annars får du höra med din pappa", sa Siv. Sören nickade, även han hade tårar i ögonen.

"Tack, men det är inte meningen att ni ska skilja er för vår skull. Tre barn i huset och jag. Barnen och jag måste anpassa oss till varandra. Ni är vana vid att vara själva. Det är en stor skillnad."

"Kolla din dator om alla kameror syns." Lisa tog snabbt upp datorn. Samtliga hängde över henne. "Du har verkligen detaljstyrt ditt tänkande. Klicka på bersån."

Genast visades bersån. En fågel rörde sig därinne och flög ut igen. Delar av trädgården med allehanda växter var en fröjd att se. Lisa klickade på vägen SS, det stod för Siv och Sören, nämnde hon. En bil körde förbi.

"Grannens bil. Registreringsnumret känner jag igen."

Varje kamera kollades. I den sista vinkade de och skrattade. Så långt stämde deras kameror. Lisa stängde ner datorn. En lång diskussion uppstod om barnen ville eller inte ville komma. Alla utsatte sig för fara. Till slut kom de överens om att inte planera vad som kunde hända.

"Lisa", alla tre tittade på Sören. "Du tänkte arbeta som lärarinna. Vi säger att du arbetar i samma skola som dina barn går på. Då märker du hur de mår. Planera inte för mycket", sa han lågt. För varje ord låg en ömhet bakom.

"Tack, Sören. Du har givetvis rätt. Vi tar ett steg i taget. Just nu klarar jag inte mer", viskade Lisa och suckade djupt.

"Kan vi inte åka tillbaka och njuta i er berså. Ni har så mycket vackert att se på", log Maria stort. Mest för att lugna ned situationen.

Lisas mobil surrade till. Hon läste ett långt meddelande. Stod tyst en stund. Ögonen fylldes med tårar. En tår gled nedför kinden. Hon svarade.

"Polismannen Birk har fått ett meddelande från polismannen Peter i Australien. Jag fick ett lycka till ifrån honom. Så vänligt av Peter. Han tänkte på mig. Jag tar bort sms:et."

"Tog du bort hans sms?" frågade Siv förvånat.

"Ja, någon kan läsa dem", viskade Lisa allvarligt, men blinkade med ena ögat.

Genom dessa ord tittade de övriga på sina mobiler och började klicka bort meddelanden. Då och då lyfte de på sina huvuden och log dumt åt varandra.

"Jag ska memorera min exkilles nummer", sa Maria och lät orolig.

"Vad jobbar han med?" frågade Sören artigt.

"Lärare i några språk. Om någon råkar se hans nummer och våra meddelanden kanske de kollar upp honom. Det är vanligt hos polisen, särskilt om du arbetar i vissa områden. Du och din familj kan bli filmade eller fotade. Hot. Utpressning."

"Tufft att vara polis. Ingen tänker på det. Jag har alltid ansett att det är otroligt vad människor får kalla polisen för här i Sverige. En del måste bli utbrända."

"Ja, Siv, vi har ett tufft jobb. Men jag tycker om att arbeta med människor."

"Vi går tillbaka till vårt hus. Var skulle du vilja bo med barnen, Lisa? I vilket område?"

"Helst runt Olskroken och Redbergsplatsen inne i Göteborg. Jag är uppväxt där. Mina barn också. De gick i Ånässkolan. Nu får mina två äldsta inte gå där. Det är bara förskolebarn och upptill årskurs sex. Pappa bor kvar där. Om jag flyttar tillbaka i närhet av mitt tidigare hem kanske mina två äldsta kan anpassa sig lättare", sa Lisa.

"Hur det än blir och kommer att bli vet ingen", mumlade Sören.

Stillsamt gick de tillbaka till Sörens och Sivs hem. Var och en gick i sina tankar. Lisa hade inte tagit bort sms:en som kom. Behovet var stort att få läsa dem en gång till. Det var ett stressande innehåll. Mobilen smögs upp. Flera långa meddelanden hade kommit.

Du har fått kännedom angående dina föräldrar och deras kommande besök i Singapore. Allt är uppgjort från Australiens polismyndighet och advokater. Tyvärr måste du skriva på ett dokument och vittna mot ligan. Annars får du ingen hjälp varken från Sverige eller Australien. När dina föräldrar åker måste övriga i din familj gå under jorden. Berätta inte för någon, inte än. Mer info kommer. Om du skriver på, var förberedd redan den dagen du skriver på. Lisa bläddrade till nästa meddelande.

Skriver du på åker du först till Australien, får ett nytt namn och bostadsadress här. Cirka en vecka efter att du har kommit till Sydney sätts operationen i gång. Då först kan dina föräldrar åka till Singapore. Gör dig beredd att arbeta som lärare i Singapore. Betyg från skolor och tidigare jobb är ordnade, även ett jobb kommer att ordnas åt dig på barnens skola. Du och dina föräldrar får all slags hjälp, men vi kan inte visa oss på grund av ligan. Ta bort mina sms. Peter. Den här gången tog hon bort sms:en. Det tredje och sista meddelandet läste hon också. *Daniel är kvar i Singapore.*

Vittnesmål hade hon velat undvika med tanke på en internationell liga. Får hon hjälp från många instanser kan barnen hämtas hem. Alltså måste hon skriva på vittnesmålet. Även om det kändes stressande föll en tung sten från hennes axlar. För övrigt var det hemskt att inte få berätta för

78

någon. Hur kan man vara tyst om en stor operation och samtidigt vara rädd om sina barn och sin familj. Lisa kunde riktigt känna hur kinderna kokade av stress, men också av förväntan.

"Lisa!"

Lisa tog ett snedsteg och vände sig om. Tjugo meter bortanför huset stod hon.

"Ojdå, här gick jag i mina tankar", sa hon högt och log stort.

"Dina kinder är rosa. Tänkte du på den där polismannen", skojade Maria.

"Ja", svarade hon och kände sig lite falsk. Vittnesmålet stressade henne. "Jag har inte varit tillsammans med en man på över fem år."

"Det är lång tid", svarade Maria lågt och klappade Lisa tafatt.

"Jag saknar kroppsnära manlig kontakt."

"Jag förstår. I morgon börjar vårt nya liv", svarade Maria, när de gick runt huset och ut till bersån.

Tillsammans satte de sig tätt ihop i soffan. Visserligen såg ingen dem, men övning ger färdighet. Kvinnorna log mot varandra.

Planeringen var i full gång i bersån. Samtal ringdes. Plötsligt låg en energi över dem. Berit, Åsas syster, med man skulle komma nästa dag. Siv och Sören gick in i huset för att fixa mat, samtidigt fick Maria ett sms.

"Min chef vill att jag fortsättningsvis sover hos er. Om Daniel i Singapore hör viskningar från Sverige kan ringarna på vattnet hitta till honom. Här kan vi skydda varandra."

"Tack. Jag vill så gärna göra det mysigt för mina barn. Fem år är en väldigt lång tid. Min yngste, Noa var bara tre år. Noelle var sju år, hon kanske minns en del. Familjen ska göra ett fotoalbum till barnen."

"Bra, då har vi att göra. Var lärde du dig allt om datorer? Du är jätteduktig."

"På mitt jobb älskade jag allt nytt och nya program inom datorns värld. I fängelset hade jag datatidningar och övade mig med dem. Efter skadan och under tillfrisknandet i Australien fick jag möjlighet att sitta med en dator varje dag och hade hjälp. Nu kan vi bevaka omgivningen med video-appen i min nya dator."

"Vi borde ändå sitta vakt. Hur ska vi hinna smyga i femton minuter från torpet och hit? Drogdistributörerna hinner in och ut på den tiden."

"Naturligtvis har du rätt. Tack för allt du har hjälpt mig med, Maria."

"Flickor. Maten är klar."

De reste sig stelt från soffan och gick in till köket.

"Det negativa med blommor är alla getingar. Jag tycker inte om att äta ute just nu. Getingarna blir värre när drottningen lämnat boet. Arbetarna har inget att göra", förklarade Siv och log.

"Vi sitter nästan jämt ute i bersån."

"Ja, men getingarna är som värst nu på sensommaren."

"Jag vill tacka er för att jag fick berätta historien om min dotter. Tack Siv, för att du inte blev arg på mig."

"Livet är för kort för att vara arg. Har vi inte lärt oss det, Sören?"

"Till och med jag ser er lycka. Ni älskar varandra. Nu vet jag vad äkta kärlek är", sa Maria allvarligt.

Samtalen fortsatte om livet i största allmänhet. En hel del av samtalen gällde var man helst ville bo. I stan eller på landet, vilket var bäst? Diskussionerna gick in på husdjur och närhet till naturen med ren luft, eller det motsatta, staden och närhet till allt. Barn hade närmare skolan, men på landet var de alltid ute i friska luften, cyklade, byggde koja, hade olika slags djur. Eller som Maria nämnde, tonårsbarn ville helst till stan.

Nästa morgon tog Lisa och Maria bilen till torpet. Genast satte de i gång med sitt projekt. Ett par timmar senare kom Åsas syster Berit gåendes till dem. Tre unga kvinnor tillsammans blev många goda skratt. Plötsligt brakade det till i skogen. Alla tre skrek högt.

"Jag glömde hålla vakt", viskade Maria stelt.

"Jag blev så rädd att jag ryckte till. Stegen gungade. Målarburken ligger nere på gräset. Blev du rädd, Berit? Berit", morrade Lisa åt sin syster, som stod som förstelnad och stirrade mot träden.

Kapitel 5

Maria plockade upp målarburken från gräset.

"Nej, jag undrade varför det brakade till. Jag går och tittar."

Berit pekade mot träden närmast torpet.

"Du går inte själv. Jag går med", svarade Maria hastigt.

"Vänta på mig!"

Skyndsamt kom Lisa ner från stegen och sprang efter de andra två. De stannade vid några träd som stod nära varandra. Ena trädet hängde över de andra. Förvånat gick de runt trädets stam.

"Vilken tur! Trädet välte åt fel håll. Du måste ta ner mer träd. Vid en storm kan de här höga träden välta över hustaket."

Samtidigt vinkade Maria på dem och pekade. Någon hade sågat i trädet, men sågat fel.

"Trädet var inte ruttet. Undra om det var en varning, men trädet föll åt fel håll. En idiot som inte vet hur man fäller träd. Jag sms:ar chefen om detta."

"Tar det aldrig slut", viskade Lisa och kände sig mentalt tömd på kraft.

"Tydligen inte. Vi måste vara beredda. Nu går vi in och sätter på kaffe."

Förvånat tittade Lisa på sin syster som hade blivit säkerheten själv. Hennes lillasyster lät som en tuffing. Ett svagt leende krusade sig av en trevlig känsla av omhändertagande. I trädgården stannade Lisa upp och pekade mot sitt öra. De lyssnade intensivt.

"En bil kör bort. Hör ni! Bilen gasar. Fan också", sa Maria bistert.

De skyndade mot huset. I hallen stannade Berit och vände sig försiktigt om. Satte upp ett finger mot läpparna. Hon andades in flera gånger. Vinkade de andra två närmare sig.

"Det luktar cigarrettrök och någon slags doft av rakvatten. Känner ni lukten?" viskade hon.

Lisa och Maria gick in ett par steg och sniffade.

"Det luktade inget när jag ställde ifrån mig kaffet och fikabrödet. Smet han in här medan vi var utanför? Nu börjar jag bli galet arg."

Med dessa ord klampade Lisa in i torpet och undersökte varje rum. De andra hängde på.

"Vi letar i alla små utrymmen. Titta om det finns sådant som inte stämmer", viskade Maria och viftade på handen.

Mitt i letandet stannade Lisa upp och såg triumferande ut. Knäppte med fingrarna och pekade på golvet närmast väggen vid vedspisen i köket. Tjejerna gick till henne.

"Den brädbiten är ljusare. Ser ni?"

Med fingrarna hjälp fick de upp brädan. Alla tre ställde sig på sina knän, men stelnade till när de såg innehållet. Återigen tabletter i en stor genomskinlig plastpåse.

"Liknande som Sören hittade på bjälken nära källartaket i deras hus."

De tittade närmare. I plastpåsen låg det mängder av små påsar. Fyra tabletter låg i varje liten plastficka. Maria tog på sig handskar. Fotade allt och skickade fotona till sin chef. Lyfte upp plastpåsen. Oväntat reste hon sig.

"Lisa, var la du din dator?"

Lisa hoppade upp och slängde en desperat blick runt omkring.

"Den ligger i bilen. Jag får inte missa något", sa hon strängt till sig själv.

"Vi måste titta om den ligger kvar", viskade Berit. "Förut kände jag mig modig. Någon hotade min syster och jag blev arg. Nu känner jag mig liten igen."

"Du var fantastisk", sa Maria och log med hela ansiktet.

Tillsammans gick de till bilen. Lisa öppnade bagaget och lyfte på filten. Datorn låg kvar. Den sattes ned på gräset. Genast klickade hon in sig på videoappen både ute och inne i torpet. En skäggig man med keps kom springandes ut från huset. Snabbt kollade Lisa på olika appar, som visade kök och vardagsrum. Mannen tryckte ned en påse på samma ställe där de hittade drogerna. När han reste sig och vände sig om stannade Maria filmen. Sparade bilden och skickade en del mejl. Skogen stod på en app, där klickade Maria. Samma man joggade förbi. Alldeles för dålig bild.

"Backa tills vi ser mannen lägga ner påsen. Ser ni!" utropade Berit. "En tatuering ovanför handleden."

Nu var det Lisa som tog över och förstorade bilden. Även den togs en kopia på. I sin tur skickade Maria den vidare.

"Ser ni vad det är för tatuering?"

"Nej, bilden är lite grynig", svarade Berit.

"Jag tycker det ser ut som solstrålar och under strålarna är en fjäril."

"Kanske", svarade Berit osäkert.

"Han stack bara fem minuter innan vi kom. Satte vi inte upp en kamera längre bort."

"Vid trådlöst fungerar inte sändningen fyrtio meter ifrån", svarade Lisa dämpat.

"Om jag känner min syster rätt sitter säkert videokameran kvar fyrtio meter från huset."

"Ja. Jag glömde att ta ner den", mumlade Lisa dumt.

"Vi stänger och låser torpet för tillfället. Vi går bort till nästa videokamera. Datorn kanske fångar upp signalen."

Tre bestämda kvinnor vandrade vägen bort och kom till den större vägen. Datorn var uppslagen. Lisa tittade allt som oftast i den.

"Händer inget?"

"Nej, starta alltid om datorn om en app inte fungerar som den ska", muttrade hon halvhögt för sig själv.

Genast satte hon datorn på en stor sten och startade om. En minut kändes som en evighet. Återigen körde en bil förbi. De vinkade och fick en vinkning tillbaka.

"Vem var det?" frågade Maria nyfiket.

"En granne längre bort. De kör ofta den här vägen till Alingsås. Det tar en timma att åka en väg till Alingsås."

"Bra att du besöker mamma, Berit."

"När du satt i fängelset behövde vi varandra. Saknaden av dig och barnen var enorm. Besöken blev ofta. Pappa fick för sig att vi skulle renovera torpet. Du måste ha någonstans att bo och få återhämta krafter. Alla har vi hjälpts åt, men vi har sparat målarjobbet. Terapi för dig sa pappa."

"Berit, hur väl känner du, Sören?" frågade Maria lite nonchalant.

Ett stort leende mötte hennes blick.

"Pappa berättade för mig att han alltid hade älskat och uppskattat mamma, men deras drömmar gick isär. Han mådde inte bra under en lång tid och längtade bort. Med andra ord tror jag att pappa hade dåligt samvete för skilsmässan. När mamma träffade Sören kollade pappa upp honom. Jag blev chockad när pappa nämnde att han hade skuggat Sören under flera veckor."

"Vad säger du!" mer chockad kunde Lisa inte låta.

"När du fick sju års fängelse i Australien hamnade vi alla i chocktillstånd. Det här med drogerna, din väninna Viktoria och Daniel, men också allt som hände på ditt jobb. Allt detta pågick samtidigt. Pappa trodde inte att Daniel var kapabel till att detaljstyra allt det där för att få till det perfekta brottet. Vad han menade var att någon måste ha hjälpt Daniel."

"Hur kom det sig att er pappa skuggade Sören i flera veckor?"

"Jag förstår att du blev nyfiken, Maria. Enligt pappa ställde Sören för många frågor om Daniel. I sin tur hade Daniel ställt nyfikna frågor angående området här. En av frågorna var om det fanns gamla hus som stod tomma. Allt detta hände några år innan katastrofen. Mamma hade nämnt detta för pappa."

"Bra gjort av er pappa. Vad kom han fram till?"

"Sören hade varit gift i många år och hade tre barn, varav en dotter som var död. Hans intressen var golf, hus och trädgård. Pappa skuggade honom på jobb och till olika orter. En dag sprang han fram till Sörens arbetsbil där den stod parkerad. Sören hade tagit ut en del verktyg, men verktygslådan som han alltid hade med sig stod kvar. Då skyndade pappa fram till bilen och kikade in. Inget. Precis då kom Sören runt bilen och såg att pappa stod där. De hade stått och pratat en bra stund. Vad jag förstod talade de ut med varandra. Sedan slutade pappa att skugga honom."

Häpet tittade Lisa på sin lillasyster. Nu förstod hon ännu mer vilket trauma hennes familj hade haft på grund av Daniel, Åsas val av man. Personen Lisa skulle absolut inte välja en sådan man.

"Lisa! Du var långt borta i dina tankar."

"Jag hamnade i drömmarnas värld. Datorn var det."

Återigen koncentrerade de sig på inspelningen. Alla tre skrattade när filmen visade en intresserad blåmes. En bil kom sakta körandes på vägen och svängde in på den lilla skogsvägen och parkerade. Fågeln satt kvar. En man gick ut och stängde bildörren försiktigt.

"Flytta på dig lilla blåmes", väste Berit.

Inne i skogen råkade mannen trampa på en torr gren som knakade till. Då flög fågeln sin väg. Minuter gick. Lisa snabbspolade tills figuren visade sig. Då backade hon tillbaka några sekunder. Mannen kom springandes till bilen och hoppade in. Startade och körde snabbt i väg.

"Bingo!" skrek Maria till. Då pekade Berit på skärmen som Lisa stoppade. "Åh nej, registreringsskylten syns inte."

Lisa zoomade upp bilden tydligare. Föraren hade antagligen kladdat på jord. Det gick inte avläsa skylten. Mannen hade en keps, näsan och det yviga mörka skägget syntes. Ytterligare kopior togs på bilen och mannen. Även dessa bilder skickades till Marias chef. Då lyfte Lisa upp blicken och pekade bortåt mot Sivs hus.

"De har också satt ut videokameror efter vägen."

Genast sprang de tillbaka till bilen. Först stack Lisa in i torpet, hämtade kaffet och kaffebrödet, satte sig skyndsamt i förarsätet. Skickade över allt till Maria. Innan Lisa hade fått på sig säkerhetsbälten gasade hon och backade ut på vägen. Bilen slirade på den lilla skogsvägen och hoppade i små gropar. Ute på den stora vägen gasade Lisa på fram till Sivs och Sörens hus. När de kom fram tvärnitade hon och svängde hastigt in på uppfarten. Bilen gungade.

"Det här var värre än berg och dalbana", sa Berit och svalde hårt flera gungar.

"Du är grön i ansiktet, syrran", skrattade Lisa retsamt.

"Du körde värre än en rallyförare."

Lisa log med hela ansiktet. En lyckokänsla spred sig i hennes kropp. Det var som att flyga.

"Vad häftigt det här var. Jag har alltid tyckt om att köra bil som en rallyförare, men med barn i bilen blev jag försiktigare. Kände ni vilken frihetskänsla?"

"Jag vågar inte resa mig." Berit kände under baken. Lisa skrattade högt åt sin systers förvridna ansikte som nu började slappna av. "Jag hade inte kissat på mig", fnissade hon.

"Det här hade jag inte väntat mig. Kul", kom Marias svar.

"Det här jag nu berättar för er vet mamma inte om. Mamma bröt ihop när min syster hamnade i fängelse och barnbarnen försvann. Efter allt som hade hänt kollade pappa upp Daniels betyg på universitetet. Först ringde han och fick talat med en lärare. De fick bra kontakt och träffades över en lunch. Läraren berättade att Daniel hade legat på gränsen till att inte bli godkänd. Missförstå mig inte, läraren mindes inte Daniel, men hade fotat en del betyg och anteckningar som olika lärare hade gjort. Ordet hot stod också noterat med en ring runt. Pappa trodde att Daniel kanske inte klarade av vissa kurser, därav hotet. Det är mycket planering med ritningar och brobygge. Daniel hade alltid trott för mycket om sig själv. Det var du, Åsa, som höll i logistiken. Du gjorde allt perfekt. Om vi stressar honom kanske han inte kan tänka klart."

"Det låter väldigt intressant", muttrade Maria från baksätet. "Vi har redan pratat om att köra i gång samtidigt. Då är vi rätt ute. Samtliga tycker detsamma. Det var pricken över i:et. Jag ska skicka ett meddelande till min chef."

"Vi?" sa Lisa undrande.

"Du tror väl inte att jag släpper det här. Jag tänker följa med till Singapore. Du kan vara en lärare från Australien med tanke på din accent. Jag kan fixa in mig som hjälplärare från Sverige."

På engelska berättade Lisa hur trevligt hon hade haft det under dagen med Berit och Maria. De andra två tittade på henne.

"Du lät som en tvättäkta australiensare", sa Berit med stora ögon.

Lisa tittade länge på Maria. Tårar steg i ögonen.

"Det är en stor lättnad att ha en annan vuxen med sig. Någon jag kan lita på. Det är inte lätt att låtsas vara någon annan. Min gångstil och mimik kämpar jag fortfarande med. Jag får inte missa något. Tänk om Daniel känner igen mig. Jag måste vara iskall."

Nu blev kvinnorna tysta. Situationen blev plötsligt allvarlig. Det skulle bli tufft. Ingen visste vilket pris de fick betala. Flera gånger tittade Lisa på Maria och blev tveksam. Det var hennes barn, inte Marias. Maria fick inte bli drabbad av ligan. Inte heller Berit, hennes barn var i början på tonårsåldern. De behövde sin mamma. Återigen tittade hon på

Maria, då kom Lisa på att hon hade inga barn. Tänk om hon blev skadad och inte kunde få barn. Visst hade alla ett eget ansvar över sitt liv, men ändå kändes det som ansvaret låg på henne. Bördan skulle bli tung att bära.

"Lisa, min chef sa att jag skulle ringa min kollega Robin. Han kan lära dig mycket om bilar och lätta motorcyklar. Det behövs i Singapore."

"Sa du lätta motorcyklar i Singapore? Jag har kört moped och annat på landet när jag var riktigt ung. I Stadstrafik skulle jag få panik."

"Tänker du köra motorcykel i Singapore?" skrattade Berit högt.

"Nej, det kommer jag aldrig göra. Jag blev nervös bara tanken på att cykla i asiatiska städer. När Viktoria och jag var i Bangkok fick man passa sig väldigt noga, särskilt vid övergångsställen."

"I natt berättade du att det var väldigt strängt i Singapore. Övergångsställen är det sista du behöver bekymra dig om", log Maria rart.

"De största bekymren är att göra fel. Som exempelvis gå över ett övergångsställe vid rött ljus. Det kan ge böter eller fängelse. Ni förstår väl att jag blir stressad."

"Minns du hur man gjorde? Du har inte varit utanför dörrarna på fem år. Du kommer säkert tveka och stanna kvar."

Retsamheten i Berits röst kunde ingen undgå.

"Åh, vad jag har saknat dig", sa Lisa kärleksfullt. Hon vände sig till Maria. "Har du en syster?"

"Nej, en bror. Ni har småretats hela tiden, men det är verkligen hjärtligt."

När de gick från bilen och mot huset ringde Berits mobil. Häpet tittade hon på den och visade de andra.

"Det är Singapore. Svara", viskade Lisa.

"Tänk om det är Daniel. Jag vill inte prata med honom."

"Det kan vara någon av mina barn", viskade Lisa med tårar i ögonen.

"Hej, det är Berit", svarade Berit nervöst, samtidigt tryckte hon på högtalaren.

"Moster Berit, det är jag, Lova. Minns du mig? Hur mår du? Är allt bra? Jag har ringt mormor och morfar. Ingen av dem svarade. Hallå? Är du kvar?"

"Vilken glad överraskning, Lova. Allt är bra här. Självklart minns jag dig och dina syskon. Jag tänker ofta på er. Mormor jobbar och morfar håller alltid på med något projekt. Hur mår ni? Vi saknar er väldigt mycket. Vem pratar i bakgrunden", det sista viskade hon.

"Vi mår bra. Vet du hur min mamma mår? Pappa säger att jag ska fråga", det sista viskade Lova.

"Fråga honom igen, hjärtat."

Berit pekade på mobilen och höjde ljudet. Då hördes en person i bakgrunden som sade vad tösen skulle fråga om.

"Besöker ni mormor i hennes stuga?"

"Ja, mormors väninna har köpt gammelfarmors torp. Kommer du ihåg torpet inne i skogen?"

"Ja, det gör jag. Vi promenerade alltid till torpet. Hallonbuskarna minns jag särskilt och trädet med de stora goda körsbären. Jag saknar min mamma. Mamma är död", viskade Lova lågt och snyftade till. Rösten i bakgrunden sa en kommentar igen.

"Din mormors väninna ska flytta till torpet med sin kompis. De är här. Vi håller på att måla om huset. Hur mår du och dina syskon? Hur har ni det?"

"Jag kan inte prata med dig längre. Hälsa mormor och morfar. Jag saknar er jättemycket. Hejdå", viskade hon med en snyftning.

Det klickade till. Lisa stod som förstelnad. Huvudet var tomt. Känslomässigt var hon någon annanstans. Hennes dotter. För första gången på fem år hörde hon sin äldsta dotters röst. Lisa darrade i kroppen av rörelse. Stora tårar droppade nerför kinderna.

"Lisa! Koncentrera dig."

"Jag blev chockad över att höra hennes röst. Daniel tvingade henne."

"Bra. Då vet vi att han är kvar i Singapore. Troligtvis har han fått ett samtal från killarna som var här. Nu måste vi bli mer försiktiga och agera kvickt. Var beredd, Lisa. Jag måste ringa chefen. Det tar en stund", mumlade Maria och gick.

"Berit och jag tar oss en längre promenad i skogen."

De skildes åt. Systrarna promenerade in i skogen och satte sig på en stor sten. Solen lyste mellan träden. Tysta och i gemenskap satt de nära varandra och höll varandras händer. Fåglarna kvittrade glatt. Fortfarande inga ord mellan dem. Den rogivande känslan av behaglig avkoppling rörde sig in i Lisas hjärta. Minuter tickade på, men just då och där på stenen fanns ingen klocka. Tid var något som människan var tvungen att förhålla sig till. Båda kvinnorna satt med slutna ögon och kopplade av tillsammans. Lisa drog djupa och tunga andetag. Genast slog Berit upp sina ögon och tittade oroligt på sin syster.

"Syrerik skogsdoft", log Lisa.

Då log de mot varandra och satt kvar på stenen tills mobilen ringde. I fyrtio minuter hade de suttit på stenen. Det var Maria som undrade var de var. Vinden brusade i trädens löv.

"Undra varför pappa och mamma inte svarade i sina mobiler med tanke på Lova. Tänkte de inte på ...", genast blev Berit avbruten av Lisa, som nu hade ett finger uppe vid munnen.

"Du hittade oss", skrattade Lisa när Maria kom gående.

"Du skrämde mig", muttrade Berit irriterat.

"Det var bra att din syster skrämde dig. Ta inget för givet, Berit. När du pratar med människor du känner även nära sådana berätta inget om din syster."

"Det är lätt att ett förfluget ord ger sig ut. Någon kan höra som inte borde få höra", mumlade Lisa.

"Dina tonårsbarn har skrutit för sina kamrater om sin moster. Genom avlyssning fick en kollega på avdelningen höra om en kvinna som suttit oskyldig dömd i ett australiensiskt fängelse. Spåren ledde till dig, Berit", sa Maria ansträngt.

Berit bleknade. Vit i ansiktet flackade hon med blicken.

"Herregud! Jag måste ringa min man", viskade hon med darrig röst.

"Din mamma och Sören har kommit hem. De ringer en stund innan middagen skulle vara klar", sa Maria vänligt. "Det var dumt av oss att inte tänka på barnen. Givetvis hade de svårt att hålla en så stor hemlighet hemlig. De fick träffa sin moster för första gången på fem år", sa Maria vänligt, men svor inom sig.

"Till och med vuxna har svårt att hålla en hemlighet. I fängelset gick rykten ideligen. Till slut gjorde jag misstaget och slutade lyssna. I skvaller finns alltid ett korn av sanning. Undanhåll inget för dina barn, Berit. Att jag kom tillbaka till Sverige levandes var en stor händelse för oss alla. Din familj hade märkt det på dig. Jag förstår dina barn", sa Lisa allvarligt till sin syster.

"Sören har också barn och barnbarn. Ord kan ha sipprat ut från honom också. Så det blir för många som vet. Nämn inget om samtalet från Lova. Er mamma blir säkert stressad i sitt mormorshjärta."

"Hur kan polisen ha hört dessa ord från min syster?"

"Din man tillhör en internationell liga som många länder numer undersöker. Vissa ord finns med i sökningar i mobiltrafiken, som exempelvis Australien", svarade Maria lågt.

En stund tystnad med eftertanke uppstod. Berit vände sig mot Lisa. Harklade sig ett par gånger och drog upp ett antal A4-sidor ur jackan.

"Tänk nu över vad du har sagt till mig tidigare. Ifall du måste skaffa dig en båt bör du kunna mycket. Laga en båt, angöra en brygga, förtöja båten, men glöm inte vind och hav. Vad händer om du tvingas hoppa i land på någon av öarna runt Singapore? Du kan inte läsa av en kompass eller ett sjökort. Då kan du till och med hamna i Indonesien. Har du otur kan du hamna i Singapore igen. Vet du vilka djur som finns i vattnet?"

"Kan du segla en båt, Maria?" frågade Lisa en aning stressad.

"Jolle, det är inte detsamma som en segelbåt. Berätta vilka djur det finns där borta."

"Stenfisk. Trampar du på den kan du vara död inom en timme. Den lurar på havsbotten gömd bland koraller och stenar. Den kamouflerar sig. Precis som med vissa sjöborrar, som kan ge svåra problem och fruktansvärd smärta, som muskelförlamning och problem med andning. Går du i land kan du råka ut för stora pytonormar. En sju meter lång pytonorm svalde en kvinna läste jag. Detta var på Sumatra i Indonesien."

Genast skakade Lisa till av en rysning.

"Pytonorm. Sju meter. Sväljer en människa. Herregud!" viskade Maria stressat.

"Indonesisk nålfisk. Den kan bli upp till en meter lång och har en lång sylvass näbb med knivskarpa tänder. Nålfiskar kan skjuta upp sig ur vattnet i en farlig hastighet. Du hinner inte undan och kan få allvarliga skador. Oftast dras den till artificiellt ljus, som exempelvis fiskare använder sig av på natten. De löper störst risk. Nålfisken är kända för att hoppa in i båtar. Fiskare har blivit spetsade. Ska jag fortsätta?"

"Om jag får barnen med mig på en seglats kan de få en svår död på grund av ormar som hoppar upp ur vattnet och alla sjöborrar som ligger i vattnet eller pytonormar på land." Lisa svalde nervöst. "Indonesien är långt från Singapore, men det är samma vatten."

"Det låter illa. Sjöborrarna slipper du för du ska inte trampa i vattnet. Ute på sjön får du inte ha ljusen tända på natten", mumlade Berit.

"Vi måste ha ljus på båten. Andra båtar kan krocka med oss. Gränserna för olika länder bevakas. Jag vet att de flesta båtar har GPS, men många har det inte. Länderna har säkert radar."

"Maria, du har bara seglat med en jolle. Hur ska du kunna ratta runt en stor båt? Hyra van personal är också svårt. Fattiga gör vad som helst för pengar."

"Nej, Lisa. Vissa människor gör allt för pengar. Det gäller både fattiga och rika."

"Du har rätt i det. Har vithajen ben?" frågade plötsligt Lisa mitt i allvaret.

Det blev tyst.

"Vithajen? Alla fiskar har väl ben."

Lisa skrattade högt.

"Hajar består mest av brosk. Vithajen är den tredje största hajen i världen, kan bli över fyra meter lång och väga runt fyra ton. Procentuellt står den för mest attacker mot människan. Eller så vill den bara ta ett smakprov. Nu börjar jag bli nervös. Jag tror vi skippar flykten med båt", viskade Lisa.

Var hon tidigare osäker på vittnesmålen hade hon nu bestämt sig för att vittna. Maria nickade tacksamt.

"Fortfarande är det bästa alternativet att era föräldrar besöker barnen", muttrade Maria matt.

"Buh!" en manlig röst.

Alla tre hoppade högt och slängde sig runt.

"Robin! Du skrämde slag på oss. Så fort du kom", sa Maria i en utandning.

"Du ska vara polis och är så lättskrämd. Ni pratar om djurlivet i Indonesien. Då ska ni veta hur det är i Australien. Jag bodde där ett år när jag var ung."

"Nej, vi vill inte höra mer om hemska djur."

"Jag är kollega till Maria. Någon av er behövde lära sig lite om motorer. Jag bor efter Gråbovägen och hade redan innan samtalet lastat på både mopeder och cyklar på mitt flak."

"Det är jag. Byta däck på en vanlig cykel kan jag. Jag heter Lisa. Det här är min syster Berit."

"Ni måste vara mer observanta. Vem som helst hade kunnat smyga på er. Jag fick reda på en del av Marias chef. Ni är inte systrar. Du är väninna med hennes mamma. Eller hur?"

"Så lätt var det", muttrade Lisa irriterad på sig själv.

"Alla tips är bra." Nu vände sig Maria till Lisa och Berit. "Robin är jägare. Kan du lära oss hur vi ska smyga och vad vi ska tänka på?"

"Smyga? Tänka på? Jo, det kan jag göra, men det är lika viktigt att lära sig om någon iakttar er. Berätta snabbt er historia."

"Vänta lite." Maria ringde till sin chef och lämnade över personnumret från Robins legitimation. Nickade flera gånger. "Lisa, du får berätta", sa Maria och nickade till henne.

Med få ord berättade hon varför det var viktigt att ha kunskap om mopeder och eventuella problem som kunde uppstå.

"Jag vet att jag ständigt måste vara uppkopplad med min hjärna. Den minsta avvikelse och någon hugger till. Var är din man, Berit?" muttrade Lisa.

"Han skulle ha följt med hit, men fick förhinder."

Maria och Robin gick före till parkeringen där mopeder och cyklar stod på flaket. Lisa försökte få sin syster att gå långsammare. Viskade lågt till henne.

"Ni måste försvinna samtidigt som mamma och pappa åker. De kanske blir borta några veckor."

"Försvinna? Ska mamma och pappa åka bort? Några veckor. Tillsammans?"

"Kommer du ihåg när jag lämnade Sverige och åkte på semester? På bara några dagar hade Daniel fixat allt och tagit med sig barnen på en lång resa. Saker och ting går fort när det väl sätter i gång. Jag vet av erfarenhet. Håll koll på dina barn. Se dig om. Inte en gång utan ofta. Meddela din man. Daniel vet inte att våra föräldrar ska åka till Singapore och besöka barnen. När de åker måste ni ha era väskor packade och klara. Berätta inte vart ni tar vägen. Bara kör. Det gäller för ett tag. Skaffa er kontantmobiler."

"Vart ska vi åka?" frågade Berit dumt och flackade stressat med blicken.

"Du och din man får komma på något. Kan ni inte ta en försenad resa och åka runt i Sverige."

"Jag har ingen semester kvar."

"Prata med din man. Ni kommer säkert på något. Känner han någon som har en stuga att hyra? Finns det en släkting i Värmlands djupa skogar?"

"Jag förstår", svarade Berit snabbt.

"Berätta inget. Ingen får höra dig säga detta om våra föräldrar. Förstår du? Allt kan gå fel. Våra föräldrar, mina barn eller jag kan bli mördade. Ni kan också råka illa ut. När vi eller jag åker kommer det att ske vilken timma eller dag som helst."

"Gå inte, Lisa. Jag måste ta några djupa andetag." Tillsammans stod de och tog djupa andetag. Tittade länge på varandra. Nickade. "Lita på mig, älskade syster", viskade Berit och smekte ömt sin systers kinder.

Båda höll kärleksfullt om varandra. Berit låtsades halta ut från skogen.

"Trampade du snett i skogen?" Givetvis nickade Berit. "Jag tog med mig lite av varje", sa Robin och lastade av med hjälp av Maria.

"Köp peruker till er", viskade Lisa till sin syster.

Med cyklar och två olika mopeder satte han alla tre i arbete med olika detaljer. Han visade med enkla grepp hur var och en kunde klara sig. Efter en enda lektion började Lisa övningsköra. Återigen förklarade han för Lisa som drog i handtaget. Mopeden svarade direkt och gjorde en tjurrusning rätt in i skogen. Lisa skrek för fulla muggar och glömde av att bromsa, efter henne sprang de andra.

"Släpp handtaget." Genast stannade mopeden. "Är du inte klok! Du kan inte ge full gas. Varför bromsade du inte? Du kunde ha brakat rätt in i ett träd."

"Jag hade glömt hur det var. Hur ska jag klara av stadstrafik", viskade Lisa med darrande röst. Tårar droppade nerför ansiktet.

Genast blev hon omkramad av sin syster. Återigen förklarade Robin exakt hur hon skulle göra.

"Gasa bara lite, Lisa" sa Berit högt. "Smek och dra försiktigt", viskade hon charmigt och klappade Lisas rygg med lugnande tag. Som svar fick Berit ett nervöst fnitter.

Mopeden ställdes på vägen. Mer publik hade kommit i Sören och Siv. Mopeden startades med ett lugnt handtag.

Gasen drogs på en aning, hon växlade upp samtidigt drog hon på mer gas. Nu gick det bättre, även om det var lite vingligt. På hennes sida kom Robin upp med sin moped. Han pekade på en väg till vänster, försiktigt svängde hon in där. En timma senare gick alla för att äta. De satte sig i bersån. Lisa var inte i närheten.

"Jag känner igen dig", sa plötsligt Sören till Robin. "Kommer du ifrån Gråbo?"

"Ja."

Killarna började prata om folk de kände i Gråbo. Skrattade högt när det visade sig att Sören kände Robins pappa. Ett knatter från en mopeds låga motor hördes. Genast skyndade Robin ut till vägen och såg att Lisa försvann mot Gräfsnäs. Han hoppade på sin moped och körde efter henne. Kom upp vid hennes sida.

"Du tycks ha lättare för att köra när det är fart!" ropade han.

"En tjusning!" skrek hon tillbaka och log med hela ansiktet.

Hela kvällen kämpade hon med de två olika mopederna och varvade med en cykel i full fart. På kvällen darrade Lisas kropp. Klappade tafatt Robins bröst. Släpade sig in i huset. Gick uppför trapporna, in i sitt rum och ramlade ner i sängen med kläderna på. När hon vaknade mitt i natten hade hon en filt på sig. Mödosamt tog hon sig in i badrummet. Magen gav ifrån sig oljud. Munnen vattnades. I stället för att borsta tänderna gick hon försiktigt nedför trapporna. Benen var stela, styrseln i dem var försämrad. Med höga dunsar i trapporna tog hon sig till köket.

"Jag är vrålhungrig", sa hon rätt ut i köket.

En skugga av en manlig gestalt syntes i fönstret. Lisa slängde sig runt och fick med sig en stol i farten. Var på väg att kasta den, men hann se vem det var. Stirrade med skräck på honom.

"Du skrämde mig. Jag sov på soffan och hörde en elefant i trapporna", sa Robin och såg skrämd ut.

"Poliser kan tydligen bli rädda. Förut Maria och nu du", fnissade hon och ställde tillbaka stolen. "Jag är vrålhungrig. Det var väl bra att vi åkte till Gräfsnäs och handlade lite av varje. Vad säger du om en nattaomelett?"

Under ett par timmar diskuterades om olika händelser i världen. De övergick till att prata om livet och hur fort det kunde förändras. Tidigare hade Robin fått höra delar av Lisas liv. Nu berättade hon mer och slutade med att det var hans tur.

"Jag vet inte så mycket om dig. Bara det du har berättat. Du är fyrtio år. Ett helt liv kan man inte korta ner", sa Robin vänligt.

"Det var din tur att berätta om dig själv."

Med en grimas i ansiktet skruvade han lite på sig. Stillsamt väntade hon på en berättelse.

"Min fru träffade en annan och flyttade hem till honom. Vi skildes och har delad vårdnad av vår son. På grund av sveket vill jag inte bo ihop med någon. Vi var ihop i tolv år."

"Det tar tid att komma över ett svek. Ofta har jag funderat över hur väl man känner en annan människa."

"Ja, när sådant händer blir man förvånad över sig själv. Mitt tidigare jobb inom polisen var oerhört stressande. Givetvis blev vårt förhållande pressat. Idag reparerar jag motorfordon i bilparken. Jag är hemma varje kväll och alla helger."

"Vi lyssnar inte alltid på vad våra respektive önskar. Hur många gånger har man hört kommentaren jag gör det för min familj. Nej, du gör ditt jobb för du gillar det. När vi väl lyssnar kan det vara för sent."

"Ja, jag var bitter ett tag."

Samtalet gick in på hobbyn och de småskrattade tillsammans. Åtskilliga gånger tittade hon på Robin. En snäll och trevlig man med glimten i ögat. Verkade vara en trygg person. En man som inte var färdig med sitt tidigare förhållande. Nu jämförde hon inte Daniel med andra män. De plockade undan och städade efter sig.

"Tack för ett trevligt samtal. Det var länge sedan jag kände mig totalt avkopplad."

"Berätta inte mer för mig, Lisa. Inte heller när du åker."

Oväntat tog Lisa ett steg fram. Gav honom en hård kram. Överraskad stod han kvar och tittade efter henne. Lisa smög upp till sitt rum. Låga snarkningar hördes från Maria. Smygande fortsatte hon fram till fönstret och lyfte undan rullgardinen. Ljuset steg över sjön. En febril brådska tog över hennes kropp. Återigen drog hon på sig en tröja. Den här gången lydde benen henne och hon kunde smyga ut. Luften kändes rå. En aning dimma hägrade runt parkeringen. Hon satte sig på cykeln och trampade på längs vägen. Ju mer solen tycktes skina mellan träden, desto dimmigare blev det. En stor trädgren dök upp i en kurva och hon gungade till. Fick mer fart på cykeln. Låtsades att någon jagade henne. Snart skulle hon svänga in på en traktorväg.

Kapitel 6

En uggla hoade i närheten. Lisa bromsade till av förvåning. Andra ljud hördes, men dimman gjorde det svårt att avgöra varifrån. Oroligt stannade hon, drog in cykeln i skogen. Såg en gran med plymförsedda grenar som hängde glest ner mot marken. Gömde cykeln därunder och satt kvar på huk. Kikade ut. Rädd för Daniels kriminella vänner. Letade efter mobilen. Ingen. Hon såg sig själv lägga den på skrivbordet i sitt sovrum. Ingen visste var hon var. Tänk, skrek hon inom sig. En miss kunde bli förödande. En stor gran med yviga grenar stod några meter bort. Den kunde hon gömma sig under. Genast skyndade hon dit och kröp in. Kikade ut. En minut gick. Grenar vajade till vid ett träd längre bort. Hon satte sig ned på alla fyra och stirrade åt det hållet. Ett rådjur. Drog djupt efter andan när rådjuret studsade bort. Ett par mänskliga ben visade sig. En viskning.

"Lisa? Åsa? Är du där?"

Engelsk. Rösten. Den kände hon igen. Men blev en aning osäker. Peter var i Australien. Därför väntade hon med att svara. Bara dimman släppte taget. Turen var med henne. En enda vindpust och dimman sveptes bort.

"Peter, jag är här. Gå rätt fram."

Sakta lyfte hon på grenen och vinkade in honom i sitt mörka gömställe.

"Vilken tur att jag såg dig", viskade han.

"Hur kunde du se mig i dimman? Vad gör du i här? När kom du?" frågade hon dumt.

"Jag har saknat alla dina frågor. För många vet om dig. Allt har tidigarelagts. Du har fått ännu ett nytt namn. Innan vi lämnar Sverige får du ett nytt pass, legitimation, visakort och en ny mobil. Allt är australiensiskt. Jag visar inget nu. Berätta inte för någon mer om ditt liv. Speciellt inte nu. Lägg dina id-handlingar hemma. Tullen kan undra varför du har två pass med olika namn. Förstod du vad jag menade?"

Med rodnad på kinderna talade hon om att poliserna Maria och Robin visste om hennes historia. Den sistnämnde hade precis lärt henne köra moped.

"Hur kom du hit? Vi har kameror ute på vägen."

"Jag smög med en hopfällbar cykel i skogen. Såg när du kom ut ur huset. Jag cyklade efter dig. Du blev skuggad."

"Ifrån huset?" flämtade hon chockad.

"Ja."

"Jag, jag vet inte vad jag skulle säga. Mycket. Men ...", snyftade hon till.

"Sshh!"

Hon stelnade till. Peter drog in henne mot stammen av trädet. Där satt de på huk och försökte få en glimt av någon. Dimman hade helt försvunnit. Ett sökande ansikte stirrade ned på marken. Robin stannade till och pratade relativt högt.

"Jag har letat efter henne en stund. I torpet har jag varit. Ingen där. Jag gjorde som du sa och försökte närma mig henne. Vi satt och pratade länge vid köksbordet. Det var din exfru, men hon hade bruna ögon. Det var sista gången jag gjorde dig en tjänst. Jaså. Du har foton." Mumlet av en röst försvann längre bort.

Snabbt översatte hon vad Robin hade sagt.

"Han heter Robin och är en betrodd polisman. Nu i natt satt vi och pratade vid köksbordet. Jag behövde en kram och fick det."

"Då behövde du en kram", svarade Peter och log.

"Robin är också jägare. Säkert följde han våra fotspår i mossan. Nu litar jag inte på någon. Robin verkade vänlig. Lugn. Trygg. Skämtsam med glimten i ögat. Fast jag skrämde honom i köket."

"Det kan hända att han pratade högt med tanke på Daniel och ville att du skulle höra. Kanske såg han fler fotspår. Vi skulle pressa Daniel. Minns du? När det händer dig något måste du lita på vissa personer. Annars klarar du dig inte. Hur skrämde du Robin?"

Genast berättade hon om stolen och hur genuint skräckslagen han såg ut. En tystnad sänktes över dem.

"Jag förstår att Australien och Sverige utnyttjar mig angående den här ligan. Om vi rycker i Daniel kanske ligan reagerar, gungar eller stänger dörrar", sa hon lågt. "Bortsett från min familj litar jag mest på dig och Birk. Hur kom du hit så fort? Och när ska jag vara klar?" frågade hon plötsligt.

"Du får en signal ifrån mig. Meddelanden du fick skickade jag härifrån. Det är mycket som ska stämma", svarade han och tittade länge på henne. Plötsligt la han sin hand över hennes och kramade den hårt. "Från djupet av mitt hjärta, jag är verkligen ledsen att du tvingas gå igenom ytterligare svårigheter. Det var inte jag som bestämde det."

"Du vet att jag gör allt för mina barn. Varför är du här? Vilken signal ska jag vänta på?" muttrade hon lågt.

"Jag är bland annat här för att instruera polisen Maria, mer kan jag inte berätta. Tystnadsplikt. Händelserna är i full gång. Vilken signal vet jag inte än. Här är papperen. Du måste skriva under dem. Läs igenom. Använd ficklampan på din mobil." Ett djupt leende visade sig i hans brunbrända lugna ansikte.

"Jag tycker väldigt mycket om dig, Peter Townsend. Mobilen ligger hemma."

"Och jag tycker om dig. Du måste skriva under med Åsa Berndtzon."

Med Peters mobil läste hon igenom flera sidor av dokument och godkände med datum. Dokumenten lämnades över till Peter.

"Nu vet Daniel att jag lever, men Robin vet inte att mina föräldrar ska försöka träffa sina barnbarn."

"Du är medveten om att det blir en stor risk för dig och din familj. Din man och hans vänner kommer att hämnas. Säkerheten runt din familj kommer att öka. Alla dina anhöriga har fått en kontaktperson hos polisen. De måste också gå under jorden när du ska vittna. Förstår du? Men du behöver inte tänka på det. Det är vår uppgift inom polisen. Vi får planera en hel del. Jag vet inte hur mycket den här Robin berättade för honom, men det kanske ändå var bra. Nu undrar Daniel och kommer säkert att göra vissa beslut. Vi har haft många diskussioner mellan polisen i olika länder. Du åker med mig till Australien. Eftersom du ska vara en australiensisk lärarinna får du sista hjälpen hur skolor fungerar. Du ska också få tala med en lärare som har jobbat i både Singapore och Australien. Ställ frågor till henne. Det är för att allt ska gå smidigare för dig. Du förstår väl att din och din familjs överlevnad har ökat markant på grund av ditt vittnesmål. Är du okej med vittnesmålet?"

"Tack för allt. Nej, helst vill jag inte vittna, men givetvis ska jag det. Jag förstod till slut att vi inte hade klarat det här själva. Jag vill bara att mina barn ska få det bra. Polisen vill krossa ligan. Nu måste jag cykla tillbaka. Du har mitt mobilnummer. Så fort du meddelar mig lämnar jag kvar min mobil. Den och datorn får stå kvar hemma hos mamma. Alla filer är skickade till polisen och borttagna från min dator."

"Du vet att vem som helst kan få fram uppgifter ur en mobil och dator."

"Jag ska städa i båda och göra ändringar med lösenord. Det som filmas på våra kameror skickas automatiskt till en specifik polisman."

"Norrmannen och jag åker in till Göteborg. Vi har en del ärenden att uträtta. Han väntar i en bil längre bort. En ny I-pad fixar vi i Australien. Var ska jag lägga mobilen? Jag vill att du hittar den i förbifarten."

"I förbifarten? Norrmannen? Förklara så att jag fattar."

"En norsk polis är med mig, även Norge är intresserade av ligan. Vi har sovit i hans bil. Tillsammans har vi vandrat i skogen, men aldrig nära vägen eller människor. Vi har tagit foton på ovanliga besökare i din mammas hem. De var inga gäster.

"Fick ni bra bilder på två män? Hade de en nyckel till källaren?"

"Ja, på båda frågorna. De var tre, en man var i skogen."

"Videon filmade en man som hade yvigt skägg och en tatuering. Vi tror att det var en sol med solstrålar som lyste upp en fjäril. Den mannen var inne i mitt torp."

"Bra gjort!" Han blev tyst. "Hur är det med dig?" frågade han undrande när en tår droppade ned från Lisas kind.

Då berättade hon om dotterns samtal.

"Jag är så rädd, Peter. Rädd för vad Daniel och kriminella kan göra mot mina barn och min familj, men också mot dem jag har lärt känna. Tänk om Daniel planerar något riktigt illa. Du har blivit en god vän. Jag känner mig trygg hos dig. Hemskt att säga, men det gjorde jag med Robin också."

"På vilket sätt?"

"Ensam i själen trots min familj. Oron över barnen och min familj tar all energi. Jag fick en varm kram av honom. Vem kan man lita på i en sådan här historia?"

"I det här otroligt svåra arbetet med en internationell drogkartell kan du absolut inte lita på någon", svarade Peter hest. "Absolut ingen. Inte mig. Inte ens din familj. Din exman förväntar sig inte att du vågar komma till Singapore."

"Jag förstår. Själv har jag satt mig i klistret ett flertal gånger på grund av naivitet. Jag har försagt mig och lärt mig saker som har varit mig övermäktiga. Men glömmer viktiga detaljer."

"Var inte naiv, Lisa. Tveka inte. Bestäm dig fort. Lär dig det. Din exman Daniel förväntar sig inte att du är förändrad."

"Så då hjälper det inte att jag konditionscyklar", sa hon helt ologiskt.

Ett stort leende bröt ut på hans allvarliga läppar.

"Jag har blivit väldigt fäst vid dig." Peter smekte hennes kind. "Du är en kämpe och har en fin karaktär. Under andra omständigheter kunde du och jag ha blivit riktigt goda vänner."

"Ja, det hade vi om det inte vore för Australien. Finns för mycket hemska djur där", svarade Lisa med en rysning.

"Australien är det minsta problemet. Vänner är man också orolig för", mumlade han oväntat.

"Skugga mig inte. Jag fortsätter min cykeltur och tänker bli lite svettig innan jag återvänder hem", sa hon och log.

"Brukar det gå mycket folk här?" Lisa skakade på sitt huvud. "Jag har redan köpt en mobil i Australien till dig. I den finns dina vänners namn och deras mobilnummer, även till mig. Alla är vi poliser. Vi är förberedda när och om ett samtal kommer till dig eller ifrån någon i dina kontakter. En motfråga du får är exempelvis, säg en siffra. Svaret är nummer tolv. December månad. Du får inte skriva in din familjs nummer. Mobilen finns inne i Göteborg på polishuset ifall viktiga samtal kommer. Hittar du tillbaka hit?" Lisa nickade och pekade ut på två stora tvillingstenar någon meter in från vägen. "Mobilen kommer att ligga i en plastpåse här under granen. Den har kod 1212, även där som i december. Cykla hit senast i morgon eftermiddag och kolla. Gå nu."

Han fick ett par pussar på kinden. Med snabbhet ålade hon sig ur sitt gömställe, men ålade tillbaka och visade något i handen. Peter tittade undrande och såg något gult i hennes hand.

"Vad är det?"

"Svamp. Kantarell. Den är oerhört god."

Därefter fortsatte hon att plocka kantarell efter kantarell. Tog av sig jackan och la svamparna där. Låtsades inte om Peters närvaro. Skyndade ner mot vägen och till den första granen där cykeln låg. Trampade hemåt för frukost. Inget kunde vara så gott som en stuvning med kantareller på en rostad brödskiva.

När hon tio minuter senare kom tillbaka undrade Robin vart hon hade tagit vägen. Då svarade hon sanningsenligt att hon hade cyklat rätt in i skogen och hittat kantareller. Den här gången hade hon svårt att se honom i ögonen. Efter lunchen gick hon ut igen och kände en febril brådska. Ständigt bakom hasorna hade hon Robin.

"Behöver du ha mer hjälp? Jobbet ringde."

Genast sträckte hon fram sin hand.

"Tack för att du kom hit, Robin. Du ställde verkligen upp. Tusen tack."

Med hennes hand i sin drog Robin henne närmare sig.

"Du vet väl att du kan lita på mig", viskade han och tittade länge på henne.

Då slappnade hon av och log vänligt.

"Ja", viskade hon tillbaka.

"Kan vi träffas igen?"

"Absolut."

En timma senare åkte han. Lisas känslor var kluvna. Om hon inte hade hört honom i skogen skulle hon ha kunnat bli kär i honom. I stället kom Peters allvarliga ansikte upp i synfältet. Sur på sig själv kom hon på att hon tycktes bli kär i alla män som kom under hennes väg.

När Robin hade åkt var det nästa persons tur. En halvtimma senare kramade systrarna om varandra och sa mängder av kärleksfulla ord. Berit åkte hem. Alla stod ute på vägen och vinkade adjö tills bilen försvann bort.

Maria och Lisa kom överens om att cykla till torpet för att fortsätta måla. Väl framme vid torpet kikade de på varandra. En tystnad uppstod. Båda förstod. De ställde sig i position. Hårda övningar i självförsvar genomfördes. Helt slut låg de på en filt.

"Ser du det där molnet? Liknar inte det en gubbe med skägg."

"En pipa sticker ut från hans mun."

Fnissandet tog över och fler kreativa lösningar i varje molnformation hittades. Tio minuter tidigare hade Siv ringt. Middagen skulle vara klar en viss tid. Efter en stunds vila målade de i ett snabbt tempo. De hann med en sida av huset. Glädjen över torpet hade falnat på grund av stress. Den låg som en tyngd över henne. För mycket hade hänt under en vecka och ännu mer stod på agendan. Gråtfärdig kände hon att en tornado hade tagit med henne i dess rotation och orken hade klämts ur henne. Yr satte hon sig på cykeln. Med Marias glada humör tvingade sig Lisa att se glad ut. De tävlingscyklade in i skogen och cyklade ut en annan väg. Mest för att få sig ett skratt. På en gångstig hade Maria stannat för att hämta andan.

"Vi måste dämpa vår framfart. I det här läget får vi inte bryta armar och ben", fortsatte Maria fnissa.

"Nej", viskade Lisa. Ett par tårar droppade nedför kinderna.

"Du har sett spänd ut efter din dotters samtal. Låt tårarna komma", viskade Maria. "Släpp loss stress och trötthet. Lägg dig tidigt ikväll."

"Okej."

Bara för vänligheten rann tårarna i en strid ström. Maria gick av sin cykel och tog en snyftande Lisa i sin famn.

Vyssjade henne som ett litet barn. Från sin cykelkorg tog Lisa upp toalettpapper och snöt sig.

"Jag får också." Även Maria hade gråtit.

"Jag tror att vi borde stanna ute en kvart till."

"En kvart? Det räcker inte, Lisa. Du är flammig i hela ansiktet. Näsan är knallröd och ögon är svullna."

"Ser jag ut som en skräcködla?"

"Ja."

Plötsligt ekade skratten emellan dem och gick över till ett frustande.

Under kvällen tog Lisa och Siv en längre promenad.

"Sören kände Robins pappa ganska väl. Världen är allt liten."

"Då hade de en trevlig stund", sa Lisa och log. "Vi har bara målat ena sidan av torpet, Siv." En lång tystnad uppstod. Förbryllat tittade Siv på sin dotter. Lisa kramade om henne. "Mamma", viskade hon allvarligt. "När som helst försvinner jag. Jag får inte berätta. Kom ihåg, inte ett ord. Det är för din och pappas säkerhet, men också för mina barn. Daniel är kvar i Singapore. Meddelandet kom igår. Fortsätt att gå. Berätta inte om vårt samtal för någon. Jag upprepar mig, berätta inte för någon. Inte ens för Sören. Naturligtvis måste du ta adjö av honom. Packa omedelbart en väska för ett varmt land. Glöm inte passet. När jag är borta måste du åka direkt hem till pappa i Olskroken. Han väntar på dig. Jag vet att Sören vet om vad du och pappa ska göra, men säg inte för mycket. Dumt sagt, Sören måste köra dig eller att pappa hämtar dig. Är Maria kvar när jag har försvunnit be att hon omedelbart åker. Sören måste också lämna ert hem. Ifall hot kommer från kriminella när ni är i

Australien och försöker få ut barnen. Berit sticker så fort hon får ett enkelt sms av mig."

"Jag förstår. Om Sören hotas till livet pressas jag att lämna kvar barnen. Litar du inte på Maria", viskade Siv.

"Jo, jag hoppas på det. Polismannen Peter litade på henne."

"Om du och din väska är borta tror jag att du har åkt, men tänk om du ligger svårt skadad och behöver hjälp." Rösten darrade betänkligt.

"När jag försvinner kommer det gå så fort att vi hinner knappt fatta vad som hände. Stressa inte upp dig. Var bara förberedd. Jag kommer att få en ny mobil. Med den skickar jag siffran ett till dig. Den betyder att allt är bra med mig. Ta bort meddelandet efteråt", sa Lisa strängt. Återigen upprepade hon allt. "Mamma, upprepa det jag har berättat för dig."

Det gjorde Siv och kramade sin dotter hårt.

"Alla mina sommarkläder är klara, men inte nerpackade i resväskan. Hur kan du vara så lugn?" viskade Siv frågande.

"Lugn? Min mage är i uppror. Jag är så rädd att jag vill skrika ut min ångest. Berit och hennes familj har fått flyttat och bytt jobb ett par gånger. Knarklangarens syster hade folk skrikit efter dem. De fick flytta på grund av skottlossning mot deras lägenhet. Deras äktenskap har gungat ordentligt. Tänk om vi misslyckas angående mina barn."

Lisa nämnde inget om att hon skulle vittna mot ligan i Australien. Ett ständigt dåligt samvete steg inom Lisa. Hennes familj hade blivit hårt drabbade på grund av hennes val av man. Bara för den sakens skull värkte magen extra.

"Sänk rösten, Lisa."

"Jag bad inte ens Berit om förlåtelse. Självklart förstod jag att ni sörjde mig och mådde dåligt för min skull. Men inte att hot och skrämselattacker fick min systers familj flytta och byta jobb. Nu tvingas de ut på flykt igen. Fruktansvärt!"

"Hur mycket det än knakar i deras äktenskap kommer Berit och hennes man att hjälpas åt. Var lugn för det, Lisa. Du känner honom."

Promenaden blev längre än de trodde. Desperat höll de om varandra, båda var i nära panik och rädsla att någon kunde slita isär dem. Många kärleksfulla ord fick de sagt till varandra. När de kom hem gick Lisa och duschade. Småpratade med Maria, som nämnde att hon skulle till Göteborg tidigt på morgonen. De sa god natt till varandra. Båda lyssnade på musik från mobilen.

När Lisa lade ifrån sig mobilen och var på väg att somna ryckte hon till. Peter hade inte sagt exakt vilken tid han skulle lägga mobilen under granen. Senast var i morgon eftermiddag. Vilken tid räknade han som eftermiddag och hur lång var den? Hjärtat slog ett extraslag och stressen steg.

Tidigt på morgonen vaknade Lisa av ett knäppande ljud. Tystnad. Var på väg att somna om, då kom ett sms från Maria. Ett arbete väntade henne. Häpet satte sig Lisa upp. Kikade över till Marias sida. Hon var inte där. Kände på sig att något var på gång. Med full fart slängde hon på sig rena kläder. Smög till ryggsäcken med ficklampan i handen. Allt plockades ur tygryggsäcken. Varje pinal och skrymsle i väskan gick hon noggrant igenom. Lugn i sinnet la hon ned allt igen. Pass och visakort stoppades ned i ett kuvert, hon kände med handen längst in i byrålådan och lade kuvertet där. Plånboken trycktes ned i ryggsäcken. Varför det plötsligt kändes brådskande förstod hon inte själv. Sms:et. Maria skulle ha åkt tidigt på morgonen. Men detta var väldigt tidigt. Ett arbete väntade. Vi två ses igen. När?

Jackan och skorna fanns i klädkammaren på bottenvåningen. Sakta tog hon sig ned för trapporna, undvek vissa trappsteg. Fortsatte genom hallen till klädkammaren. Tog jackan. Kände i fickan efter den lilla ficklampan. Den låg där. Skor och jacka trycktes in under armen. Nu tänkte hon inte längre. Hon skulle bara bli färdig och gå. Det var viktigt. Handtaget trycktes ned. Dörren öppnades oändligt sakta. Det var kolsvart därute. Stjärnor lyste upp en aning. Ingen syntes, ingen hördes. Om någon skulle lura i skuggorna hade hon inte sett dem. Lika tyst tog hon på sig skorna och jackan. Fortsatte ut på vägen, tog till höger och bara gick. Stannade till och stirrade tillbaka på huset. Tvekade. Hon gick aldrig på toaletten. Tänk, skrek hon inom sig, men fortsatte framåt. Efter en tjugo minuters snabb promenad kom hon fram till stenarna och granen. En frid kom över henne. Nu hade allt satts i gång.

Med den lilla ficklampan i handen gick hon mot granen där hon och Peter hade gömt sig. Passade sig för torra grenar. Under vissa steg fick hon känna sig fram med fötterna. Stenar. Gropar. Lätt att vricka till foten. Äntligen framme vid den stora granen. Plötsligt blev hon skrämd över att hon hade kommit alldeles för tidigt. Osäker satte hon sig på huk och lyste under grenarna. Drog djupt efter andan, inget djur. Fick av sig ryggsäcken. Kravlåde under granen, lyfte in ryggsäcken. Kröp runt stammen. Ingen mobil. Då var det på eftermiddagen. Nära gråten bet hon ihop och andades djupt. Ficklampan gungade till. Något vitt hängde högre upp. Hon satte foten på en gren och hävde sig upp. Påsen lossnade. I den låg mobilen och en laddare. Lättnaden var så stark att hon blev svimfärdig.

"Åh Peter. Tänkte du inte på att jag är kort", viskade hon med en darrig röst av påfrestning.

Mobilen var fixad och klar. Fullt laddad. Koden till mobilen var 1212. Ett sms hade kommit tidigare. Flera gånger läste hon meddelandet. Mobilnumret. Kontantkortet innehöll femhundra kronor.

Gå ut till vägen. Gå till vänster. När du har gått i exakt tjugo minuter sms:a mig. Hör du en bil komma göm dig på vänster sida av vägen.

Genast gick hon till vänster ut på vägen, använde ficklampan och fortsatte i snabb takt. Höll koll på klockan i sin nya mobil. På grund av nervositeten ökades takten automatiskt. Skymningen var på väg och det blev lite ljusare. Plötsligt nös hon. Stannade. Lyssnade. Till vänster krossades torra grenar och träd svajade till. Förstelnad av rädsla hukade hon sig. Ut från skogen kom en älgko med en större kalv galopperandes. De var bara några meter ifrån henne. Djuren fortsatte rätt över vägen och in i skogen på andra sidan vägen där det brakade lika högt.

Fortfarande satt hon på huk. Darrig i kroppen satte hon ner händerna på vägen för att komma upp. Med försiktiga steg gick hon vidare. Skickade ett sms. Gick tveksamt några steg. Stannade. Lyssnade. Inget hördes. Det var tyst. Återigen skyndade hon sig. Borta vid en kurva lyste ljus upp i skogen, men fortfarande inget ljud från en bil.

116

Tog för säkerhets skull några steg in i skogen. Böjde sig. Bilen körde sakta mot henne. Ljuset från bilen blinkade två gånger. Ändå kände hon sig tveksam. Då öppnades en bildörr.

"Lisa! Peter här."

Med snabba ben sprang hon ut från skogen och bort till bilen. Peter hade ställt sig utanför. Då slängde hon sig i hans famn varpå han ramlade ner på vägen och hon över honom. Föraren kom ut och gick runt bilen. Lyste med en ficklampa. Ett lågt manligt skratt kom till henne.

"Hade du bara sagt till mig hade du kunnat få hur många kramar du hade velat", viskade Peter och log. "Tog du med dig resväskan?" frågade han föraren.

Peter fick en mindre resväska. Den öppnades. Tog Lisas ena hand och drog den igenom väskan. Hon förstod att det var för att hon skulle känna sig trygg. Inga droger. Därefter tog han hand om Lisas tygryggsäck, en handväska låg överst. Den kastades till henne. Kläderna trycktes ned i väskan. Ryggsäcken lämnades över till Lisa som i sin tur kände över den. Alla fickor var tömda. Då packade Peter ihop tygryggsäcken och tryckte ned den i resväskan. Ficklampan lade hon ner i resväskan. Föraren och Lisa satte sig i bilen medan Peter vinkade in bilen till en liten traktorväg. Föraren backade långsamt in. Peter satte sig skyndsamt. I tysthet körde de bort. Lisa var helt orkeslös, som en urvriden trasa. Stackars mamma, tänkte hon. Berit!

"Peter, jag måste meddela min mamma och syster."

"Kan du vänta en timma? Vi vill komma längre bort från småvägarna."

En halvtimma gick väldigt sakta. Återigen stack tårar i ögonen. Hon ville så gärna skicka det där meddelandet medan folk, som grannar och andra fortfarande sov.

"Vart ska vi?"

"Du kan skicka dina sms nu." Lisa drog upp en liten lapp från fickan där mobilnumren fanns och tryckte in siffrorna i sin nya mobil. Sms:ade. "Vi ska till Stockholm och Arlanda. Först ska vi hämta upp Birk. Tillsammans tar vi flyget. Här har du ditt nya pass. Grattis, du är numer en australienska."

"Grattis? Det vet jag verkligen inte. Minnena därifrån är hemska. Dessutom har jag precis lärt mig mitt nya namn. För en vecka sedan lämnade jag Australien och nu ska jag återvända dit. Jag tycker inte om ditt land. Förlåt. Ditt land är säkert fint, bortsett från farliga djur och hemska spindlar. Kan spindlar hoppa? Vilka ormar är farligast? Vad ska man göra om man blir biten?"

Ord och frågor kom som en störtskur över Peter.

"Vi ska inte till landsorten. Du och jag ska bo i ett hus som ligger i en förstad till Sydney."

"Tack. Jag gillar inte spindlar. Åh, då skulle jag vilja se operahuset."

Ett lågt skratt kom från framsätet. Efter ytterligare en timmas körning började Peter prata igen.

"Vi ska stanna för en kort stund. Ditt hår ska klippas och färgas."

"Igen!" rösten gick upp i falsett. "Du rör inte mitt hår, Peter Townsend."

"Min vän här klipper dig. Du ska få riktigt kort hår. Lite åt det röda hållet. Birks svägerska sa att du inte tyckte om

118

att synas. Det vet din exman. Därför ska du synas. Här har du dina nya solglasögon."

Glasögonen var riktigt tuffa. Ray Ban. Så dyra hade aldrig ekonomiska Åsa köpt, tänkte hon. Men Lisa ville gärna ha dem. De låg i ett dyrbart glasögonfodral av samma märke. Strax efter Jönköping svängde bilen av. De parkerade. Peter gav henne en stor svart sopsäck vilken var klippt i mitten där huvudet hade plats. Hon fick hjälp med plastpåsen, den drogs vidare nerför hennes kropp. Båda männen tog på sig handskar. Färgtoningen började.

"Ska vi ta ögonbrynen också?" frågade Peter sin norska kollega.

"Rör inte mina ögonbryn, din galning."

Båda männen gapskrattade. Tydligen hade de riktigt roligt. Minuterna gick. Peter hade ställt en dunk med vatten och hårschampo vid sidan. De hade tänkt på allt. Efter en tvätt och hårklippning såg hon sig i spegeln.

"Jag har verkligen fått kort hår. Snyggt. Tack", viskade hon glatt överraskat.

Håret var kort och mörkrött, en liten sträng av håret var ljusare rött och låg på sidan av pannan. Ögonen såg större ut. Ögonbrynen hade alltid varit mörkt bruna och markerade hennes blå ögon. Kontaktlinserna hade irriterat ögonen. Robin såg säkert att hon hade kontaktlinser, men fick aldrig se hennes blå ögonfärg. Hon hade mumlat något om pollen. Männen städade noggrant efter sig. Påsen drogs försiktigt av henne. Hennes väninna Linn hade handlat sommarkläder till henne, dessa var tvättade och strukna. De nya kläderna hade Birk med sig. Norrmannen skulle köra dem till hotell Radisson Blue Arlandia i närheten av flygplatsen.

Tidigt nästa morgon gick deras flight. Direkt efter att norrmannen lämnade dem på hotellet skulle han köra till polishuset i Stockholm.

"Har du tittat i ditt nya pass?"

"Jag är lite nyfiken. Är fotona från Australien när vi bodde på landet?" Han nickade. "Undra vilket namn ni nu har hittat på", fnissade hon och kände sig som en kvinnlig James Bond.

Hon plockade upp passet. Såg ett foto som hon kom ihåg var taget i Australien. Peter hade tagit ett antal foton på henne. Håret var bakåtkammat i passets foto och låg bakom öronen. Blicken gick till det nya namnet. En snyftning kom från henne. Hope Jones. Enkelt och lätt.

"Tyckte du om ditt nya namn?" frågade Peter vänligt.

"Ja", viskade hon knappt hörbart. Solen hade stigit på himlen. "Hope som i hopp på svenska och australienska. Ett perfekt namn. Tack. Jag känner igen namnet. Tog du fotot i huset? Jag ser inte blek ut på kortet."

Peter harklade sig.

"Ja, jag tog fotot i Australien. Passet är äkta australiensiskt. Din namnunderskrift också. Minns du att du fick öva på namnet? Du har haft tuffa år. Jag förstod tidigt att du skulle hämta hem dina barn. Du behövde ett hopp i ditt liv därav namnet." Chauffören mumlade. "Det finns ett papper i det här kuvertet. Du måste kunna det som står där. Vem du ska bli. Var du har bott och arbetat i Australien. Din familj. Dina vänner. Ett liv du har haft. En säkerhet för dig. Du får inte berätta för oss om dig själv. Inte heller för din familj. I det andra har du kontanter. Det här tredje kuvertet är betyg från en lärarhögskola och arbeten du har haft. När

120

vi är i Australien kan du googla på dina skolor och arbeten. Ifall någon frågar. Referenser från dina senaste arbeten med telefonnummer finns i kuvertet. Dessa referenser och telefonnummer går till poliser. Vi har fått ett positivt svar från skolan, dessutom ringde de och pratade med ett par referenser."

"Det gick väldigt fort. Får jag tid att träffa mina föräldrar innan Singapore? Inte? Jag fick inte ta adjö av min pappa. Vi träffades bara en gång sedan jag kom hem."

Givetvis dök förbjudna tårar upp i ögonen och droppade ned för kinderna.

"Det räcker!" sa chauffören strängt. "Vi har smörgåsar i en kylbox och kaffe. Du är säkert hungrig."

"Jag har inte ätit sedan igår kväll."

"Vi har suttit i bilen hela natten och väntat på att du skulle ringa. Kaffet smakar säkert bedrövligt. Men vi ville inte sitta ute och äta. Bättre att synas så lite som möjligt."

"Jag förstår. Kan vi stanna bortanför Gränna? Därifrån kan jag se Vättern. Det är en stor sjö i Sverige. Den ni ser längs hela vägen. Igår sa du faktiskt i eftermiddag till mig."

"Där ser du", sa Peter till norrmannen. "Hon har ett fantastiskt minne. Hur kom det sig att du kollade under granen så tidigt på morgonen."

"Maria smög iväg väldigt tidigt. Jag fick en känsla av brådska. Eller så var jag nervös för vad som ska hända."

"Då säger jag det igen. Gå på din känsla. Du gick på din känsla tidigt i morse. Klockan var bara fyra. Bra gjort!"

På något konstigt sätt kändes det bra i magen. Men hon visste med sig att det fanns tur och så fanns det otur.

Strax innan Gränna tände Lisa ficklampan i mobilen och läste två sidor med text. Ensamt barn, därav namnet Hope. Föräldrarna var äldre när de fick henne. Fadern var femtio år när hon föddes och hade de sista åren blivit alltmer dement. Modern dog femton år tidigare i cancer. Hope själv var nu trettiosju år. Hon hade arbetat som lärare på olika skolor i ämnen som matematik, engelska, geografi och samhällskunskap. Bodde fem år ihop med en snickare, som med åren blev värre och förhållandet var en katastrof. Han misshandlade henne. Hope hade flytt från honom och vågade inte stanna en längre tid på samma plats. Under några år hade hon tvingats flytta ett antal gånger inom Australien. Vännerna hade blivit få på grund av mannen och alla flytt. Som lärare var hon duktig. Arbetet hon skulle utföra låg i Singapore City i en engelsk skola. Det var första gången hon skulle bo utomlands under ett år.

När de körde förbi Gränna letade alla tre efter en rastplats.

"Om vi har tur slipper vi regnet. Det ser mörkt ut på andra sidan sjön", sa chauffören.

"Jag vill gärna presentera mig. Jag heter Hope."

Var och en sträckte fram sin hand och hälsade vänligt. Chauffören sa fortfarande inte vad han hette. Lika bra det, tänkte Lisa lugnt och tuggade på sin smörgås.

Aldrig hade en smörgås smakat så gott, tänkte hon. Men kaffet var osmakligt. Männen drack sitt kaffe utan grimaser. De slängde allt och gick till bilen. Den här gången satte sig Peter i framsätet och ställde in adressen för upphämtning av Birk. Hans vän frågade artigt om Hope kunde byta plats med honom. När hon satte sig jämte Peter slängde hon en blick bakåt och såg bara ett par fötter. Mannen hade dragit på sig säkerhetsbältet och lagt sig ned. Några sekunder senare ekade höga snarkningar runt dem. Peter och Lisa tittade på varandra och skrattade högt.

"Han höll vakt de sista timmarna i morse. Sov du också", sa Peter vänligt.

"Inte än. Jag måste lära mig mitt nya liv utantill. När vi går förbi en papperskorg kan jag riva sönder papperen och slänga bitarna. Ju fortare jag kan min historia, desto bättre. Sova gör jag på planet."

Peter körde ut från parkeringen samtidigt tittade Lisa upp och stelnade till.

"Kör på höger sida", sa hon och pekade.

"Konstigt påfund att köra på höger sida", mumlade Peter och skrattade till.

Lisa pluggade på om sitt förhållande. Tittade då och då ut på vägen. Det såg Peter och skrattade lågt. Under fyra år hade hon flytt från sin tidigare pojkvän. Läste om sina föräldrar och deras gemensamma liv. Familjen hade flyttat där det fanns arbete. I ungdomen hade Hope fått byta skolor och arbeten. Plötsligt började hon blanda ihop ställena. De var alldeles för många, vilket hon nämnde.

"Om du bara var några veckor på ett ställe säg att du inte minns. Minns var du var född. Någon skola. Första och sista jobbet. Träffade din sambo. Var din mamma blev begraven och var din pappa bor. Historien skrevs ihop ifall du träffade någon som frågade ut dig. En del människor är experter på att ställa frågor, du märker det inte ens."

"Bra idé!" sa hon och tittade länge på Peter. "Det känns som om vi känt varandra i en evighet."

Då tittade han på henne och log vänligt. Efter Hopes ord lade han sin hand över hennes. Peter hade blivit hennes bästa manliga vän. Det som skrämde henne mest var om Daniel dök upp medan hon arbetade som lärare. En sak i taget. Du är inte där än, muttrade hon inom sig.

En timma kvar till Birks upphämtningsplats fick Lisa, numer Hope, i uppdrag att sms:a Birk. Tio minuter senare kom ett sms till Peter som lämnade över mobilen till Hope.

"Om du gasar på har vi möjlighet att ta nästa flyg till Sydney. Det finns tydligen biljetter kvar. Då slipper vi stanna en natt på hotellet. Han väntar på oss i Upplands Väsby. Då måste jag fota mitt pass och skicka det till honom. Har han ditt?" Peter nickade. "Ska jag skriva in den nya adressen som Birk skickade?"

Genast kände Lisa ett tryck i bilen samtidigt kom det ett ja från honom.

"Jag fick visa mitt förnamn. Nu vet redan två personer vad jag heter plus passnummer. Har Birk din mejladress?"

"Ja. Då vet vi om dig. Allt är ordnat med det nya passet, du har också en mejladress i din nya mobil. Vi ville åka så fort som möjligt. Bättre det än att blotta oss en dag för mycket", mumlade han.

Färden fortsatte mot Stockholm. Peter körde långt över hastigheten. Senare svängde de av mot Upplands Väsby och upphämtningsplatsen. Vinkade på Birk, som skyndade till bilen. Väskan slängdes in i bagaget. Fick massa skräp av Lisa. Allt kastades i två olika papperskorgar. Norrmannen fick flytta på sina fötter, men somnade om. Under färden mot Arlanda skickade Birk flygbiljetter till dem via mejl.

"Tryck på gasen, Peter. Du heter, Hope. Trevligt namn. Jag tog bort ditt passfoto."

Birk visade fotosidan i sin mobil. Tiden var knapp. Peter bromsade. Parkerade bilen som fortfarande hade motorn i gång. Norrmannen satte sig i framsätet. Alla ropade ett hej. Var och en skyndade in på terminalen. I farten in till utrikes hade hon fått en vacker tygkasse med kläder i av Birk. Hon gick direkt fram och tittade på flighterna. Slängde en blick i påsen. Andades ut. Några blusar, ett par långbyxor med resår och shorts som hon kunde ha första dagarna. I Australien var det sjutton till tjugo grader på dagen. I Singapore var det runt trettio grader. Genast gick hon och checkade in sin lilla resväska. Fick boardingkorten. Fortsatte igenom säkerhetskontrollen. Åsa, Lisa, Hope brydde sig inte längre om vad som kunde hända. Ändå sköljde en stark lättnad över henne när hon kom igenom alla instanser på flygplatsen. Tittade återigen vart hon skulle ta vägen.

"Varför tittade du i tygkassen?" viskade Birk bakom henne.

Lisa ryckte till.

"Jag måste se vad jag hade i min väska. Minns du? Jag ansvarar för vad jag har med mig. Hoppas att jag kan ha kläderna", muttrade Hope.

"Peter skickade dina mått på ett ungefär."

"På ett ungefär? Undra hur han ser mig."

Då log Birk med ett stort leende och gick längre bort ifrån henne.

Med en kvart kvar tills gaten skulle stängas småsprang hon. Var och en släpptes in. Återigen stod Birk jämte henne, men sa inget. Det kändes tryggt. Han gick åt sidan och släppte fram henne. Den nya Hope fortsatte framåt. Alla tre satte sig på olika platser. Oroligt kikade hon bakom sig. Det lugnade henne att se killarna. Hon blundade en stund. Förhörde sig själv på det nya namnet, städer och jobb. Suckade emellanåt. Hope Louisa Jones.

Hope är hennes nya namn. Andra namnet påminde om Lisa ifall hon försa sig. Hope Louisa Jones, muttrade hon inom sig. Kollade i mobilen om det fanns bilder i den. Häpet såg hon foton från städerna Köpenhamn, Oslo, Helsingfors och Stockholm som hon hade besökt. Alltså hade Peter varit där. Då måste han ha åkt direkt efter dem från Australien för att hinna besöka dessa städer. Där fastnade hon i tanken för hon kunde inte förstå hur han hade hunnit med allt på mindre än en vecka, dessutom varit hemma hos mamma i skogen.

När planet mellanlandade följde hon strömmen. Birk gick förbi i farten och låtsades inte om henne. Då sjönk allvaret ner i hennes själ. Hon skulle stressa sin före detta man. En farlig person. Det värsta var att han tillhörde en internationell drogkartell. Bara för den tanken tog hon ett snedsteg, men fortsatte att gå. Höll sig en bit bort från tryggheten, killarna. Tittade på sitt boardingkort och ställde sig vid tavlan. Kollade upp sin gate. Gick till en liten restaurang. Valde en pastarätt med ett glas rött vin. Råkade se Peter som redan satt vid ett bord längre bort och åt mat. Birk satt i en bar tvärsöver restaurangen. Därifrån såg han folk passera.

En blick gick till klockan. Lämnade restaurangen och gick skyndsamt mot toaletten. En kvinna gick efter henne från restaurangen. En känsla av fara dök över Hope. Kroppen blev stel. Den gamla Åsa gjorde allt i snabb takt. Det gjorde även Hope bara för den här gången. Allt måste anpassas till Hope, som enligt papperen var en stillsam person. En som aldrig stressade, men kunde ge svar på tal. På toaletten öppnade hon sin lilla tygkasse. Tog upp en del kläder. Måttade på kroppen. Väninnan Linn hade hittat snygga moderna kläder. Kvittot var från Åhléns. Tofflor låg i botten. Hon spolade och gick ut för att tvätta händerna. Där stod samma kvinna i sin rosa blus. Visserligen var Hope färdig att gå, men tvättade omständligt sina händer och fixade håret. Efter lite smink och håret som blev kammat gick kvinnan äntligen ut från toaletten. Så mycket förmaningar i bilen och hälften var redan glömda. Stress och trötthet tog på henne.

Hope gick till gaten utan att se sig om. Följde strömmen in i planet. Tittade ett par gånger vilken sittplats hon hade fått. Tryckte ner sin mjuka tygkasse under sätet framför sig och satte sig ned. Den yttersta stolen igen. Den här gången tittade hon inte efter någon. En annan passagerare skulle sitta längst in. Hope reste sig och råkade se samma kvinna från damrummet sitta några rader längre fram. En rysning av obehag gick över kroppen.

Nu var hon en australiensare. Fahrenheit i stället för Celsius. Vänstertrafik. Sydney ligger i New South Wales. Canberra var huvudstaden. Dessutom visste hon sedan tidigare Australiens geografi med städer och landsdelar. Förhörde sig själv på sina uppgifter. Hade läst på om sin semester. Bland annat hade hon tillbringat två dagar i varje stad, Köpenhamn, Oslo, Helsingfors och sist i Stockholm. Sin första utlandsresa innan arbetet i Singapore City. Mest för att förvilla ifall någon fick tag i henne och mobilen.

Orken tog slut. När de landade i Sydney skulle hon få adressen dit hon skulle. Allt annat var muntligt.

Hope hade blivit ombedd att ta flygbussen till tågstationen och pendeltågen. Hur hon tog sig till den nya adressen spelade ingen roll, bara hon inte tog taxi utanför flygplatsen. I kuvertet låg en linjekarta över bussar, spårvagnar och pendeltågen. Operationen kunde gå fortare än väntat hade Peter berättat.

Hope varvade med att sova och äta. När det verkade tomt på toaletten gick hon bakåt. Passerade killarna. Peter såg Hopes gest. När Hope försvann in på toaletten reste sig Peter och gick dit. Hon tvättade händerna och gick ut. Dörren jämte hennes öppnades också. Peter. Snabbt mumlade hon om kvinnan och sitt obehag.

"Kvinnan sitter längre bort. Rosa blus", viskade hon. "Hur har du hunnit med att ta bilder på flera huvudstäder i min nya mobil?" viskade hon snabbt.

"Birk såg henne tidigare. Min närmaste kollega har varit på dessa ställen. Två veckor innan du flög hem till Sverige åkte han. I varje huvudstad besökte min kollega polisen för långa möten. Uppdraget gällde Octopus. Dessutom skulle han titta och ta foton på sevärdheter för din skull. För din trovärdighet", svarade Peter snabbt och lät henne gå före till sin plats, själv stod han kvar en liten stund.

Nu blev hon lugn. Slumrade till då och då. Tittade ut när planet svängde. Sydney växte fram under dem. Men hon ville inte se ut. Minnet från första gången gjorde smärtsamt ont. Glöm allt, förmanade hon sig. Du är Hope. En australiensisk kvinna.

När planet hade landat reste sig samtliga och stod i kö för att gå. Resväskan kom ganska fort. Passkontrollen gick oväntat bra. Letade efter skyltar och hittade utgången. Såg skylten om bland annat flygbussarna. Skyndade dit. På bussen slängde hon en blick på övriga passagerare. Satte sig på en plats. Tryckte in laddaren för mobilen vid sätet, bara för säkerhetsskull. Bussen körde ut. En rörelse utanför fönstret gjorde att hon slängde en blick dit. Kvinnan med rosa blusen samtalade med Peter. Hope tryckte sig mot sätet och sjönk ned. Ett pling kom i mobilen. Hon kollade. Nu kunde hon ringa och skicka meddelande i Australien. Skickade ett meddelande till Peter. Någonstans skulle hon gå av flygbussen och ta en taxi till ett pendeltåg. En adress kom i ett nytt sms. Mitt i ett gytter av hus tryckte hon på knappen för att stanna.

Det kändes som en hel evighet innan bussen stannade. Snabbt fortsatte hon mellan hus och människor. Mest för att förvilla. Peter hade sagt att hon hela tiden skulle göra oväntade saker. Nu stannade hon till vid ett skyltfönster där kvinnliga skyltdockor visade upp kläder. Helt ologiskt gick hon in i affären. Började plocka bland kläderna. Slängde en blick runt affären. Drog med sig sin nätta resväska och gick ut på trottoaren.

Letade efter en taxi. I taxin kollade hon sitt sms. Exakta uppgifter hade kommit hur hon skulle ta sig till huset. Birk och Peter var på väg dit. Peter fick ha kvar sitt förnamn. Även han hade fått ett nytt efternamn, Stillwater. Peter Stillwater hade träffat Hope Jones innan hon reste till Skandinavien. Hope var nu på väg att träffa honom i hans hus innan avresan till Singapore. Taxichauffören stannade vid adressen hon hade angivit. Därifrån var det nära till pendeltågen.

Pendeln körde på sin bana till de olika hållplatserna. Återigen kollade hon sin mobil. Nästa hållplats var Sutherland. Hon reste sig. Den stannade. Nervöst gick hon av. Följde strömmen. Blev osäker på vilken väg hon skulle ta. En extrem trötthet sköljde över henne. Ringde Peter.

"Jag blev fruktansvärt trött. Vilket håll ska jag? Jag följde efter alla andra."

Snabbt förklarade han vägen för henne. Medan hon gick läste hon upp gatunamnen för honom. Den här gången skulle hon gå nedåt med siffrorna på gatan som var ojämna. Canberra Road. Lättad gick hon åt rätt håll och kom till rätt husnummer. Huset påminde lite om ett svenskt radhus. Dörren öppnades. Ut kom Peter och gav Hope en lång skön kram. De gick in i det lilla huset. Middagen skulle bli klar en halvtimma senare. Hope blev visad till sitt sovrum, hängde upp sin jacka på en stol, packade upp och tog en dusch. Kom ner till köket och blev överraskad. Fem män och två kvinnor satt runt bordet. Lisa presenterade sig.

"Du satt på flygbussen", sa hon förvånat till en man, som nickade och log.

En av kvinnorna förklarade att Hope förhoppningsvis skulle få en vecka på sig att lära sig leva som en lärarinna. Däremellan var hon fri att göra vad hon önskade. Blev hon borta en längre stund skulle hon alltid höra av sig till Peter. På en vägg i vardagsrummet hängde mängder av foton med text under. Kriminella. Alla boende i Australien. Hon gick upp till sitt rum. Hämtade handväskan. Frågade om närmaste bibliotek. Fick anvisningar och gick dit. På vägen fick hon köpt ett block och ett par pennor. Satt i timmar och läste på om kurser för lärare. Antecknade en hel del. Skrev in i I-paden som Peter hade skaffat henne.

Gick därifrån och råkade gå förbi en klädesaffär, gick tillbaka. Hittade bra sommarkläder och nya underkläder, dessutom kläder som passade en lärarinna. Hemma ställde hon sig framför en spegel och övade sig som lärarinna.

Då och då följde hon med Peter och handlade. Det var han som lagade maten, oftast hjälpte hon till. Ett par gånger hade Hope gått ut och handlat själv. Mest för att känna sig för, kollade priserna på matvaror och annat. Uppgifterna skrev hon upp på ett papper.

Tidigt varje morgon och eftermiddag joggade Peter och Hope tillsammans. Vissa gånger i full fart och andra mer lugnt. Lördagen åkte de in till city i Sydney. Det var en överraskning från Peter. För första gången i verkligheten fick hon se operahuset.

"Sydney Harbour Bridge", sa hon andäktigt. "Bron ser fantastisk ut härifrån."

Ögonen lyste av lycka. När hon vände sig om såg hon den mest sedda byggnaden från Australien.

"Du ser lycklig ut. Dina ögon glittrar", log Peter varmt.

Högtidligt tog hon första steget in i huset.

"En dansk arkitekt har ritat ert operahus."

"Nej, Hope. Vårt operahus." Hon suckade lågt.

"Dansken vann en tävling, men domarna tyckte att huset var alldeles för mycket extra av allt. De var ett flertal domare, en finländsk domare stod på sig och tyckte att huset skulle byggas. Tänk dig, en dansk ritade huset och en

finländsk domare stod upp för honom. Mina grannländer",
fnissade hon viskande.

Det skulle snart bli en föreställning. Redan innan hade
Peter sagt att de bara skulle se sig om. Inget mer. Hope blev
bjuden på en drink inne i operahuset. De gick runt och tit-
tade.

"Var det därför du åkte till deras huvudstäder? Du älskar
historien runt vårt operahus", vårt operahus poängterade
Peter lågt.

Häpet tittade hon på honom, men kom på vad hon hade
sagt. Mina grannländer. Stressat gick blicken runt ibland
folksamlingarna.

"Backa ett steg", bad hon lågt. Genast backade han ett
steg. "Ser du kvinnan med blå klänning till höger om dig?
På flygplatsen när vi mellanlandade såg jag henne för första
gången vid restaurangen och sedan inne i damrummet. Det
är samma kvinna som var med på flyget till Sydney."

Flera gånger tittade han på henne och på utgångarna. Tit-
tade knappt på kvinnan.

"Bra att du är observant. Det var henne Birk fotade. När
vi landade stannade jag kvinnan vid flygbussen. Vi kom i
diskussion. Vi tror att Birk var skuggad och att hon såg dig.
Underligt att hon råkar vara överallt där vi är. För mycket
sammanträffanden. Var som vanlig."

132

Kapitel 7

"Fick syn på Birk och såg mig. Det låter helt otroligt."

"Inte om hon såg dig med Birk när ni flög härifrån och till Sverige."

"Oj, så långt tänkte inte jag. Jag har glömt hur det var att vara vanlig", muttrade hon.

"Bra. Väldigt bra", sa han bara och tog henne under armen.

"Du håller min arm som en polis. Väck inte uppmärksamhet. Ta min hand i stället." Återigen tittade hon mot den vackra bron. "Bron är verkligen vacker härifrån", mumlade hon.

Genast släppte han hennes arm och drog henne till sig. Gå fastklistrad vid en man hade aldrig varit hennes melodi. En taxi närmade sig. Peter var på väg att vinka in den, men ångrade sig.

"Nu går vi fort. Ser du övergångsstället?" Hon nickade. "Vi ska gå över precis innan det blir rött."

Det hann bli rött innan de kom över till den andra sidan. Bilarna började rulla. De gick förbi andra människor och fortsatte gå fort. Kom fram till gaveln av ett stort hus och gick runt hörnet. Peter stannade. Kikade tillbaka mot övergångsstället, drog samtidigt Hope bakom sin rygg.

"Vad är det, Peter?" Inget svar.

De gick till en smalare gata där han ropade in en taxi.

"Vet du vad du behöver?"

"Nej", svarade hon förvirrat och vände sig om i taxin för att kika ut.

"Titta inte ut! Du och en kvinnlig kollega till mig ska få en spa-dag resten av den här dagen. Vi pratar om det när vi kommer hem", sa han lågt och kysste henne helt oväntat.

"Oj", viskade hon överrumplat.

Men hon förstod. När de kom hem bytte hon om. Peter knackade på hennes sovrumsdörr.

"Min kollega väntar på dig därnere. Hur är det? Du ser gråtfärdig ut."

"Du blev rädd. Jag vill inte att det händer dig något", sa hon snabbt.

Plötsligt slängde hon sig på honom och snyftade högt.

"Jag är inte rädd, Hope. Bara försiktig. Såg du Birk inne på operahuset?" Hon skakade på sitt huvud. "Kvinnan skuggade honom. Övertänk inte nu", sa han lugnt och log. "Gå nu. Njut av dagen. Ta lite bubbel på spat."

"Jag ska verkligen lyssna på dig."

En vänlig kvinna väntade på henne vid dörren. När de gick berättade hon för Hope att de båda skulle bada. Njuta av bubbel. Efter det ingick en helkroppsmassage. Det sista var en lång och skön ansiktsmask.

Fem timmar senare kom hon hem och bubblade över av lycka. I vardagsrummet stod Peter vid tavlan. I detalj berättade Hope vilka behandlingar de hade fått, vilken lyxkänsla och välbefinnande det gav. Till och med slutklämmen, en öl på den lokala puben innan de kom hem. Hon fnissade hela tiden.

"Vad hette ölen? Vad heter de mest vanliga ölsorterna här i Australien?"

"Jag vet inte vad ölen hette. Brukar inte dricka öl. Är det viktigt?"

134

"Kanske. Ifall någon undrar i Singapore. Enkel vardaglig allmänbildning från Australien. Läs på om det. Gå och byt om. Middagen är strax färdig. Du har en halvtimma på dig."

Innan hon gick nämnde han ett par vanliga australiensiska ölsorter. Dessa repeterade hon flera gånger och googlade senare på det.

Tillsammans satt de och åt en sen middag med tända ljus. När gäspningarna blev för många gick hon och la sig. För första gången på evigheter sov hon djupt och drömlöst i tio timmar. Peter fick väcka henne på morgonen.

"God morgon. Jag har sovit så gott. Har du sovit bra?"

"Jadå", sa han bara. "Brunchen är klar. Vi andra åt tidigt."

Han gick. Hope slängde på sig kläder och joggade nerför trapporna. Svor över sig själv när hon i full fart kom in i köket.

"Jag fick inte stopp på mig själv. Det ska bli gott med brunch."

"Du får ta mat från grytorna", sa en man snabbt.

Mannen kändes stressad. Något var på gång. Just nu ville hon bara få vara, bara få koppla av. Inte tänka på att överleva. Längtansfullt drömde hon sig tillbaka till gårdagens massage. Lyx. Avkoppling.

"Tack så mycket", viskade hon och tog en tallrik.

Satte sig ned och såg att Peter tittade på henne.

"Du förstår?"

"Ja", viskad hon. "Det är snart dags. Eller är det dags redan nu? Jag är inte klar i hjärnan. Vi har bara varit här i sex dagar."

"Mina kollegor gick efter oss till operahuset. De såg
också kvinnan i blått. När Birk gick ut följde hon efter honom, såg troligtvis oss när vi gick till övergångsstället. En
man hade stannat henne. De två samtalade länge. Mannen
fotograferades och har kollats upp. Nu förstår du att vi har
bråttom."

"Tror du att Daniel har fått reda på att jag är i Australien?"

"Troligen, men helt säkra är vi inte. Polismannen du berättade om, Robin. Du översatte vad han sa när vi satt
gömda under granen."

"Ja", hon nickade. "Han trodde att jag var Lisa."

"Han vet inte om den nya lärarinnan Hope. I Singapore
ska du träffa din vän, Maria, från Sverige. Jag fick ett meddelande. Hon hade undersökt Robins mobil. Foton fanns på
dig, men de var suddiga."

Lättad sjönk hon ihop. Ett illamående av stress gjorde sig
till känna. Varje tugga kämpades ned.

"När åker vi?"

"Inte vi. Du."

"Ska jag åka ensam till Singapore?" rösten darrade betänkligt.

"Ja. Du åker ensam. Du måste. Säkert finns det personer
som nu har extrakoll på vissa människor på flygplatserna,
särskilt flighten till Singapore. Idag börjar din teater. Du har
jobbat länge för detta och är förberedd, men du kommer
aldrig att bli det helt. Spelar ingen roll hur mycket man tränar sig för en roll. Håll dig bara så nära sanningen som möjligt. Okej?"

Nu nickade hon. Reste sig snabbt, lämnade tallriken på bordet och sprang upp till övervåningen. Slängde sig i sängen som ett trotsigt barn. Rädslan fick henne att tappa greppet. Det värsta var att ingen tröstade henne. Flyget gick sent på eftermiddagen. Rastlösheten steg i kroppen. Hon gjorde en upptäckarresa i och utanför huset. Gatan studerades med noggrannhet. Ingen idé att hon vande sig vid Peter och tryggheten. Lika bra att helvetet sattes i gång, tänkte hon och snyftade till.

När hon gick in i huset hördes Peters kollegor. Någon nämnde att Peter behövde hjälpa Hope i Singapore, men han var kär i henne och fick därför inte åka. Då knackade Hope på väggen och tog steget in i vardagsrummet. Samtliga tystnade.

"Jag tänkte duscha. Efter duschen packar jag. Tack för de olika läroböckerna. Ett stort tack till samtliga av er. Tack till dig som har varit min lärare. Hoppas att vi alla kan ses en under trevligare förhållanden. Min spa-dag var fantastisk", sa hon till kvinnan som satt på en pall.

Alla nickade. Fortfarande sa ingen av dem ett ord. Hon gjorde exakt vad hon hade sagt. Tog en lång dusch på övervåningen. Färdigklädd lade hon väskan på sängen och gick igenom sin vanliga kontroll. Ovanpå väskan lade hon I-paden. Ångrade sig och ställde I-paden på skrivbordet. Handväskan var ny och i en mindre modell. Den tittade hon igenom. En sista överblick genom rummet. Inget var kvar efter henne. Skrev Peter på en lapp och lade den på I-paden. Tryckte ned kortet för tunnelbanan i fickan. Slängde på sig tygryggsäcken. Bar ner sitt lilla bagage med sommarkläder

i. Skyndsamt gick hon in till vardagsrummet. En kvinna reste sig.

"Du ska följa efter mig. Jag går till tunnelbanan. Gå samma väg som du kom."

"Du skämtar. Jag minns inget. Peter, kan jag få skjuts till flygplatsen. Jag är alldeles för stressad."

Peter gick fram till dem.

"Du lyssnade inte. Andas ordentligt."

"Hur ska jag kunna lyssna när det tjuter i mina öron av stress", skrek hon högt.

Någon i vardagsrummet skakade på sitt huvud.

"Gå efter min kollega till tunnelbanan, hon har en röd keps. Byt där det behövs. Häng på henne. Tappar du bort min kollega eller dig själv ta en taxi till flygplatsen. Hope!" Han tog ett stadigt tag om hennes axlar. "Dra djupa andetag. Andas. När du inte andas korrekt kan du få en ångestattack." Ett par tysta sekunder gick. "Kolla bara dina sms. Jag har ditt nummer. Min kollega väntar på dig. Men gå inte för nära henne."

Samtidigt som han sa det lade han armarna om Hope och kramade henne hårt. Så stod de en kort stund.

"Peter Stillwater, jag kommer att sakna dig."

Ett djupt leende dök upp i hans allvarliga ansikte. I samma sekund surrade hans mobil. Då pekade han på dörren. Genast tog Hope sin lilla resväska och gick dit. Kvinnan hade gått ut på baksidan av huset vidare över till en gångbana som gick fram till gatan. Med en nick till Peter gick Hope ut ur huset och låtsades låsa dörren. Genast fortsatte hon till vänster ute på gatan. Det dunsade irriterat om resväskans hjul. Kvinnan hade en röd keps på sitt huvud. På avstånd såg Hope kepsen, men råkade följa efter en annan person med röd keps. Då svor hon ve och förbannelse över allting.

Peters kollega stod vid ett skyltfönster på andra sidan vägen. Hon tog av sig kepsen och slog bort något. Genast genade Hope över gatan. Det var då hon såg märket för pendeltåget. Hjärnan stängde ned. Benen bar henne framåt. Kollegan rusade förbi och skyndade nedför trapporna. Då gjorde hon detsamma. Lyfte upp resväskan. Fortsatte efter henne genom spärrarna. Efter knappa minuten kom en vagn in. Hon gick på, likaså gjorde Hope. Vagnen dundrade fram. Varje hållplats läste hon namnen. Stilla lät hon sig gunga fram. Hållplats efter hållplats ropades upp. Vagnen stannade. Peters kollega gick av. Varje gång tog hon av sig kepsen. Då följde Hope efter och gick sakta förbi. Plötsligt kom kvinnan upp jämte Hope. De krockade.

"Åh, förlåt", sa Hope.

"Gå till utgången. Ta en taxi", viskade kvinnan, som genast gick åt ett annat håll.

Hope skyndade mot exit. Kom ut på gatan och blev förblindad i det starka solljuset. Fick på sig sina Ray-Bansolglasögon. Runda som John Lennons och passade utmärkt till hennes ansikte. Drog djupa andetag och gick lugnt ut på gatan. Någon minut därefter vinkade hon på en taxi som körde henne till flygplatsen. Tillsammans med Peter hade hon lärt sig en hel del genom att se vad han gjorde. Ingen visste att hon hade studerat flygplatsterminalerna över Sydney och Singapore på biblioteket. Till taxichauffören sa hon en annan terminal. Med några timmar till godo skulle hon hinna till sin terminal helt utan stress. Med sig hade hon sin lilla resväska och tygryggsäck. I botten på ryggsäcken låg en platta vilken man kunde flytta på. Däri hade hon ett par plagg för ombyte och lite litteratur. Med en lugn promenad gick hon mot rätt terminal. Tog pendeln en hållplats. På grund av det varvade hon ned. Gick stillsamt in på rätt terminal. Läste på tavlan om flighterna. Resväskan checkades in. Med sitt boardingkort i näven gjorde hon om samma procedur som sex dagar tidigare.

Bortsett från mat och dryck var sömn och vila ett måste i hennes nya liv. Fick hon tillräckligt med sömn fattades rätt beslut. Var hon inte stressad fattades ett bättre beslut. Alla negativa tankar togs bort. Endast positiva tankar trädde in i hennes nya värld. Stark och utvilad var hon på väg. Kollegan till Peter hade skakat på sitt huvud åt hennes panik, men han skulle få se att hon klarade sitt uppdrag. Känslan av rädsla som kom över henne i huset var bra. Nu hade hon blivit Hope Louisa Jones, en lärarinna, som skulle arbeta ett år i Singapore City. Orolig hoppades hon att ingen hade skuggat henne.

"Var som vanlig. Bry dig inte", viskade hon till sig själv och läppjade på sitt röda vin.

Drog upp tidskriften med heminredning från sin tygryggsäck och bläddrade i den. I sitt nästa liv skulle hon äga ett hus och inreda det med glada färger. Återigen gick hon ut och tittade efter sin flight. Svor högt på engelska. De hade ändrat gate. Skyndade dit. Väl inne i flygplanet kopplade hon av. Räknade timmarna tills planet landade. Detta hade tagit henne många år att komma dit hon nu var. Slutdestinationen. Där stoppade hon tankesmedjan. Nej!

Slutdestination var Australien. Då log hon ett vackert leende till Peter inom sig. Tryggheten.

Singapore hade världens vackraste flygplats. Den skulle hon gå och titta på först. Radhuset i Sydney hade hon fått ett brev, vilket hon skulle behålla. Däri låg adresser till skolan och en möblerad lägenhet med två sovrum, ett litet vardagsrum och ett mindre kök. Lägenheten skulle delas med tre kvinnor. Enligt muntligt av Peter var en dem Maria.

Nu gick hon in i sig själv och kände sig förväntansfull. Ett nytt land, en ny stad och ett arbete som lärarinna. Hemma i Australien hade hon sin pojkvän Peter Stillwater. Adressen till honom var samma som där hon hade bott.

Hope följde samtliga passagerare ut från planet och in på flygplatsen. Var blicken än hamnade var det vackert. Precis som hon hade förväntat sig. Efter väntan på resväskan gick hon igenom alla kontroller. Visade upp viktiga papper, till slut blev de nöjda och hon fick gå. Sökte sig vidare till det vackra vattenfallet. När hon stod där bland träden och hörde vattenfallets porlande var det som Edens lustgård. Ett lugn kom över henne. Sakta gick hon runt och tittade. Satte sig på en bänk. Njöt av allt och fick hämtat andan. Men hon visste att hon kunde vara skuggad. Då fick de skugga henne. Förnöjsamt satt hon kvar för hon var nämligen Hope Jones från Australien.

En timma senare hade hon tagit sig till terminal två. I dess närhet fanns tunnelbanan MRT. Den skulle hon ta. Överallt var det rent och fräscht. Hope drog resväskan efter sig och lyfte upp den på vagnen. Även på vagnen var det rent och fräscht. Med ett lätt tryck gick den från hållplats till hållplats. Hon hoppade av. Läste i sin engelska sightseeingbok och tog sig vidare i systemet. Flera gånger kollade hon kartan, men bestämde sig till slut för en taxi.

Det var stor skillnad mellan länderna Sverige och Singapore. Sverige hade över 447 tusen kvadratkilometer jämförelsevis med Singapore som endast hade 719 kvadratkilometer, dessutom var befolkningen i Singapore strax över hälften av Sveriges. Folk överallt, så långt ögat kunde se, såg hon mängder av folk. Tidigare hade hon bestämt sig för att vara en turist genom att besöka olika parker. Uppleva träd, blommor och få se så mycket som möjligt. Det ville lärarinnan Hope. Kunskap och att vara turist var hennes motto. När hon kom hem till Sverige ... Hem till Australien, sa hon skrämd till sig själv och slutade tänka för stunden.

Utanför taxifönstret var det fräscht. Fortfarande inget skräp. Nyfiket fortsatte hon titta. Önskade att lägenheten låg i ett bra område. Politik brydde hon sig inte om, men förstod att turism var högt rankad. För hennes del var prioritet ett att hitta lite i staden och förstå sig på hur tunnelbanenätet fungerade.

Tankarna gick över till en dröm om en storvinst. Med vinsten skulle hon betala föräldrarnas alla kostnader. Berit och hennes familj skulle få ett drömboende. Själv ville hon skaffa sig ett trivsamt litet ställe där barnen trivdes och de skulle få ett bra liv tillsammans. Återigen koncentrerade hon sig på nuet och Singapore.

Mer än nittio procent av singaporianerna bodde i kommunala lägenheter. Tättbebyggda hus, skyskrapor, gammalt blandat med nytt, men ändå fanns plats för träd. Enastående, tänkte hon med tanke på hur många människor som bodde i Singapore City.

142

Fyrtio minuter senare stannade taxin. Hon stod kvar på trottoaren och såg sig runt. På slutet av gatan fanns en liten park. Insöp sin nya verklighet. Värmen slog till. En klibbig våt värme. Svetten började droppa. Gick till uppgången. Stod och tittade upp på det höga huset och fönstren. Tog upp mobilen och fotograferade gatans namn. Idag skulle hon bara ta en promenad i närområdet. Äta på något mysigt ställe. Insupa hela härligheten. Känslan gick inte att beskriva. Äntligen var hon i närheten av sina barn. Tanken på dem gled tårar upp i ögonen, men de tvingades tillbaka. Sådana känslor måste bort. De var farliga och gjorde henne sårbar. Hope Jones hade inga barn.

Oändligt sakta gick hon in i uppgången och tre trappor upp. Ställde sig utanför dörren. Efter alla år i fängelset var hon äntligen i Singapore. En dröm hade blivit sann. Ett besök borde göras på olika ställen. Orchad Road hade mycket av allt. Chinatown var också värt ett besök. Bra att visa upp foton om någon skulle bli närgången. De två viktigaste önskemålen var att komma in i sitt arbete och att hela familjen kom ut från Singapore med livet i behåll. Åsa, Lisa, Hope gjorde allt för att inte påbörja sin charad inne i lägenheten. I stället sorterades meningar i huvudet.

Nu var hon i närheten av sin man Daniel. En farlig man. En man med livvakter. Gift med en kvinna som verkade ha hög status. En rysning kom över henne. Vem av dem ville mörda henne? Var mördaren betald av hennes man, hans fru, eller var ordern från Octopus?

Den största rädslan var att inte kunna hålla ihop levnadshistorien om personen Hope. Flera djupa andetag togs.

Hope Louisa Jones, trettiosju år gammal, var från Australien, repeterade hon bistert.

När Peter kramade om henne viskade han vad hennes föräldrar skulle göra. Samtal med advokat och polis i Singapore. Om de inte fick träffa barnen eller ta med dem till Australien skulle kontakt tas med journalister både i Singapore och Australien. Allt för att pressa Daniel och få ett tillstånd av honom. Samtidigt är hon där som lärare och förbryllar Daniel. All stress och press borde påverka honom. Morföräldrarna skulle lättare få med sig barnbarnen på en semestertripp till Australien. När familjen hade rest måste hon omedelbart lämna Singapore.

Nu svalde hon hårt och drog flera djupa andetag. Bestämt höjde hon handen och knackade på dörren. Efter tjugo sekunder öppnades den. Ett igenkännande av kvinnan som stod framför Hope gjorde att hon stirrade häpet.

"Välkommen. Jag kommer från Sverige och heter Maria", sa Maria på engelska. "Är det du som är Hope från Australien?" Hope nickade. "Kom in."

"Du hade fått mitt brev."

"Du och jag delar rum. I det andra rummet bor två tjejer till. En av dem är från Thailand och den andra från Canada. Behöver du duscha och byta kläder?" Hope skakade på sitt huvud. "Vill du gå ut? Jag kan guida dig i vår närhet. Själv kom jag nämligen för fyra dagar sedan och har redan påbörjat mitt arbete på skolan", berättade Maria på engelska.

Tillsammans gick de ut i solskenet.

"Det är en fuktig värme. I Australien var det tjugo grader", mumlade Hope.

"Bara tjugo grader?" svarade Maria och pekade rätt ut. "Håll dig till engelskan. Jag har väntat på dig, kände inte igen dig först", mumlade hon på engelska.

De gick över gatan och in i en liten park där de satte sig en stund.

"Jag gick runt på flygplatsen och tog det lugnt. Jag kände inte igen dig heller. Jo, det gjorde jag förstås. Du skulle bo i lägenheten. Det är tryggt och tacksamt."

"Du ser bra ut. Dina vackra blå ögon lyser upp i det röda håret."

"Om Daniel tittar på mig kommer han se att det är jag."

"Det är fem år sedan han såg dig. Du är dig inte lik. Men han ska bli stressad. Berit visade foton hur du såg ut innan resan till Bangkok och Australien. Ansiktet såg spänt ut och du var rund i figuren."

"Menade du att jag var ful?" frågade Hope lågt.

"Nej, absolut inte. Du såg jagad ut och kände på dig att något var fel i ert liv. Ovanpå det var du en oerhört stressad trebarnsmamma. För att återgå till nuet, vi ska stöka till det för din exman. Oroa honom. Inte du. Vi andra. Du ska bara vara lärarinna. Härinne i parken kommer du att få reda på mer. Sätt dig alltid först på den här bänken. Ser du att det inte finns någon i parken? Bra. Titta alltid innan du sätter dig. Sitt på höger sida av bänken och känn med fingrarna på utsidan. Känner du ett rör där? Stoppa inte in fingrarna med tanke på spindlar. Det finns en hålighet i röret. Där kommer du att få meddelanden. Läs inte förrän du har gått ifrån parken. Gå hit varje morgon och kväll. Gå över till bänken tvärsöver, sätt dig även där på höger sida och känn efter i röret. Oavsett om du hittar något känn efter på båda sidor.

Har du uppfattat? Vi ville inte skicka sms. Vid riktigt allvarligt läge skickar bara jag eller Peter ett. Minns du all information?" Maria nickade försiktigt till motsatta sidan.

"Ja. "Hon upprepade allt. "Spindlar i rören? Hur ska jag då kunna känna efter?" viskade Hope och ryste till.

"Med den här handsken. Du måste alltid ha den med dig."

"Tack. Vad ska vi börja med? Affärer. Utgångarna. Tunnelbanesystemet. Skolan", frågade hon snabbt.

"Vi tar lite i taget. Det kommer ändå att kännas för mycket. Ser du dina föräldrar får du inte låtsas om dem."

"Det blir svårt. En man satte sig på kanten av dammen och tittade åt vårt håll."

"Då går vi. Jag hörde att Daniel hade fått nys om dig. Låtsas inte om honom. Var förberedd. Det är fullt troligt att han kontaktar dig. Håll dig till Hope. Du är INTE hans före detta fru. Mig gick han på och kollade direkt för att jag var från Sverige. Nu är du förvarnad. Lita inte på någon i lägenheten och var beredd ifall du får frågor. Då börjar vi med vardagslivet. Först ska vi åka med tunnelbanan till skolan. Vi går inte ända fram. Du ska kunna hitta dit och hem. Affärerna tar vi när vi kommer hem, då går vi runt i vårt närområde."

Den natten sov hon tungt. När hon vaknade var huvudet segt som klister. Ac:n var på i rummet, men det var ändå varmt. Väldigt mycket information skulle bearbetas. Maria arbetade halvtid och hade redan åkt. I sin tur fick Hope nästan heltid. Själv skulle hon åka tunnelbana till deras arbete och träffa Maria där, samtidigt skulle Hope bli presenterad för sina blivande kollegor och eventuellt barnen i klassen.

Ögonen var svullna av trötthet. Ett tryck låg över huvudet, den ville golva henne. Maten växte i munnen. Det gick inte ens att tvinga ner frukosten.

En tjej kom ut från det andra sovrummet och tvärnitade när Hope reste sig.

"Hej, mitt namn är Hope Jones, jag kom igår eftermiddag. Maria var vänlig och tog med mig på en promenad runt omgivningen igår."

Under tiden de pratade kom nästa tjej ut från samma sovrum. Alla tre stod och tittade avvaktande på varandra, de log artigt.

"Tycker du det är varmt? Du kommer från Australien hörde jag", sa canadensiskan.

"Ja, det stämmer. Sydney vid den här årstiden är lite svalare. Här är det varmt. Fuktigheten är svår."

"Jag håller med. Lee kommer från Thailand, hon är van vid den här värmen", skrattade canadensiskan menande. "Men mitt land är näst största landet i världen."

Leende lämnade Hope dem och gick ut, leendet försvann lika fort som det kom. Mitt land är näst största landet i världen. Så barnsligt. Ett steg utanför uppgången stannade hon.

"Vad skulle jag alltid göra först?" mumlade hon på engelska.

Gråtfärdig bestämde hon sig för att bara gå ut. På trottoaren utanför huset gick hon fram och tillbaka. Stannade och blundade. Var övertygad att hon redan nästa dag skulle bli hemskickad. Efter några djupa andetag sa hon till sig själv att bara gå. Så det gjorde hon. Då såg hon tunnelbaneskylten och glömde totalt av parken. Hope hade köpt ett kort för en veckas åkande. Maria hade ringat in namnet på hållplatsen där hon skulle byta vagn och var hon skulle gå av. När Hope gick nedför trapporna mindes hon vad hon alltid skulle göra.

Det första och sista du gör gå alltid till parken. Alltid! Hon svor efter konstens alla regler.

Vagnen kom in på hållplatsen. Hon följde strömmen och höll väskan i ett fast grepp. Nästa hållplats skulle hon byta. Lättnaden sköljde över henne. Än så länge gick det bra. Två olika vagnar kom in på spåret. Ingen av dem skulle hon ta. Nästa som kom gick hon på. Tio minuter senare gick hon av. Tog upp lappen från fickan och följde varje moment som Maria hade skrivit ned. Tacksamt kände hon igen sig från dagen innan. Gick en bit bort och ställde sig utanför staketet. Skolan såg liten ut och skolgården var ännu mindre. Barn var ute på den lilla skolgården. Det var en privat engelsktalande skola. Vid ingången satt en skylt med en vacker blomma och ett namn.

Lotusblomman. Den stod för renhet och skönhet. Sinnet öppnade upp och våga möta utmaningar.

Hennes pappa hade tidigare tagit ett foto på skolan och namnet. I sin tur hade hon sökt en betydelse och hittat sin egen. Tanken bakom det hela kändes rätt. Barn hade en renhet, men också ett öppet sinne. Skolan var öppen för att barnen skulle våga möta utmaningar.

Vidare gick tankarna på att någon kunde ställa frågor till henne. Denne någon kunde vara Daniel. Var beredd Hope, sa hon till sig själv. Hope tittade på barnen. Sökte främst sina tre lintottar, större än den dagen hon lämnade dem hemma i Sverige. En ljushårig pojke sparkade boll med andra pojkar. Inte långt därifrån satt en flicka och pratade

148

med andra flickor. Trots de fem åren som gått kände hon genast igen dem. Där stod hon, deras mamma, utanför ett staket och försvann från omvärlden. Just i den stunden frös hon till is. Tiden stod stilla. Någon hojtade högt. Blicken gick upp till fönstren och ned till skolgården igen. Det ringde in.

"Ursäkta", sa en manlig röst på engelska. "Du har stått här en stund och bevakat barnen."

En vakt. Det syntes tydligt.

"Ja, men inte bevakat. Jag ska nämligen arbeta här och börjar om tre dagar. Strax ska jag gå in och presentera mig. Härute ser jag mer." Hon log avväpnande, presenterade sig och visade sitt pass.

Mannen tittade i sin mobil, nickade och gick ett par steg ifrån henne. Stick och brinn, skrek hon inom sig. Irritationen försvann fortare än hon trodde. Bra att bli bevakad. Övning ger färdighet, tänkte hon positivt. Klockan ringde. Rasten var slut. Barnen sprang in. Hope stod kvar och tittade. En känsla dök över henne, hon smälte in i järnstaketet och sträckte på armarna för att nå sina barn. Dagen innan hade Maria berättat att alla tre barnen gick på samma skola. Gården var liten. Hon förstod att de gick på rast omlott. Lugnet kom med de större barnen. Desperat sökte blicken efter Lova, men Hope såg henne inte. Tittade upp på fönstren igen. Såg någon i solblänket i ett fönster. Blicken gick över skolgården igen. När Maria närmade sig vände sig Hope mot vakten och nickade.

Tillsammans gick de in i skolan och upp till rektorns rum. Hope presenterade sig. Rektorn gick igenom olika klasser med barn i olika åldrar. Frågor ställdes och svar kom. Snabbt kikade hon igenom namnen på klasserna. Hjärtat slog fortare. Alla tre barnen skulle hon få undervisa. När Maria kom tillbaka gick de från skolan. Hope förklarade för henne om vakten.

"Nyfiken vakt som ställde frågor. Passa dig. Barn från olika länder går i vår skola. Föräldrarna är framgångsrika och rika. Det finns vakter även inne i skolan."

"Okej. Idag vill jag gärna åka till Orkidéträdgården. Det finns tretusen olika orkidéer där. På Tripadvisor fick den höga betyg."

"Då åker vi dit. Idag är det avkoppling och samtal som gäller."

Kvinnorna log mot varandra och gick till tunnelbanan. Med låg röst samtalade de på engelska om viktiga saker. Ibland pekade någon av dem på en staty, ett vackert hus eller en park.

"Jag såg mina två yngsta för första gången på fem år och kunde knappt andas. Min äldsta, Lova, såg jag inte", viskade Hope.

"Din äldsta dotter har jag träffat flera gånger. En kopia av dig. Vacker som en svensk sommardag. Idag fick hon sitta kvar inne i klassrummet."

Hope tittade till på Maria.

"Vad har hänt? Tror du att Daniel misstänker något", viskade hon febrilt.

"Du berättade för mig att Daniel var narcissistisk. En person som alltid skulle ha rätt. Som ville synas och alltid ha senaste i klädväg. Jag har sett honom. Vi har också talats vid. Faktum är att han ser väldigt bra ut, kostymerna sitter riktigt snyggt. Jag kan inte säga att han är uppblåst, men åt

150

det märkvärdiga och arroganta hållet. Hans fru är vacker, iskall och nedlåtande." Hope nickade. "Jag har lockat din äldsta dotter att prata lite om sitt liv. Bli inte orolig. Bara en aning och bara några ord. Mest för att se hur hon reagerade. Mellan raderna förstod jag att han straffade henne för en händelse och hade gett rektorn order om kvarsittning."

"Du sa att Lova och jag var lika. Daniel vill inte ha en minikopia av frun som han mördade. Han trycker ned hennes personlighet med sitt manipulativa sätt. En vuxen människa kan bli förvirrad, men för ett barn är det värre. Tänk om Lova inte vill åka med mina föräldrar. Hon kanske tror att hon måste vara kvar med Daniel."

De ställde sig utanför ett skyltfönster och fönstershoppade.

"Var inte orolig. Tonåringar vill komma ifrån sina föräldrar. Du vet själv hur det var. Jag fick en uppfattning att hon hade sagt emot honom."

"Jag har läst om barn till föräldrar som har en psykisk ohälsa. Dessa barn lär sig hur de kan hantera en sådan förälder. De lär sig att göra vad den vuxne vill. Om jag säger att ett barn kan fuska på ett prov för att föräldern ska bli nöjd. Förstår du ekvationen? Manipulativ är Daniels vapen. Barn lär sig att lyda och följa, men manipulerar själva när han inte begriper."

"Straffet slog ned på din äldsta dotter. Jag förstår. Det är tufft i skolan, dessutom många timmar per dag. Jämför inte det med hemma."

Då och då pekade de på ett klädesplagg och log mot varandra. Maria tog Hope under armen. I sin tur tittade Hope till på henne.

"Vad hände?" viskade Hope med rädsla i rösten.

"Vi är på väg att bli omringade. Spring! Vad som än händer spring. Tunnelbanan."

Hope sprang skrattande efter Maria. Låtsades kolla klockan på armen som var inköpt i Sydney och var en present från Peter.

"Vi hinner!" ropade Hope.

Så fort de blandade sig med mer människor gick de saktare. En del av kvinnorna hade större kepsliknande hattar på huvudet. Hope tog av sig sin keps och drog fingrarna igenom sitt svettiga huvud.

"Jag är genomsvett. Blev inte bättre eftersom vi sprang", viskade Maria på tunnelbanan.

"Vi köper likadana kepsar som kvinnorna har här. Då kanske vi försvinner i mängden."

De bytte tunnelbana ett flertal gånger. Var och en gick för sig, men de hade ögonen på varandra. Äntligen kom de fram till Orkidéträdgården. Maria fick ett samtal och gick först in. Sakta släntrade Hope efter. Njöt av varje orkidé, så många och otroligt vackra. Blommor hade hon saknat under fängelsetiden, därför var parken viktig att få uppleva.

"Jag frågade om vi vågade oss hemåt. Om runt en timma kommer vi få ett svar."

De satte sig på en uteservering och drack en fruktdrink. Mobilen ringde igen. Maria svarade. Samtidigt såg sig Hope runt omkring. Alla människor i alla länder behövde något vackert att se på. Naturens ljud, som vattenfall, dammar och fontäner, lukter från vackra blommor och fina buskar. Hon blundade och hörde dammen porla. Sakta försvann hon bort från mänskligheten och bara var. Ett irriterande ljud störde henne. Förvånat tittade hon på Maria som knäppte med fingrarna. Hon ryckte till och kom på att hon hade somnat sittandes.

"Okej, Hope. Vi ska leva som vanligt och inte bry oss om att vi är skuggade. Det var ordern. Se oskyldiga ut och leka turister. Du somnade och höll på att välta stolen", fnissade plötsligt Maria i allvaret.

"Jag undrade vad det för enerverande ljud jag hörde." Hopes mobil ringde och avbröt dem. Häpet tittade hon på numret. "Skolans nummer. Undra om det har hänt min dotter något", sa hon skrämt, men fick en spark på smalbenet.

"Du har inga barn. Du är ny här. Du är lärarinna och kommer från Australien. Svara, Hope Jones", viskade Maria snabbt.

Det var rektorn. Eftersom Hope redan var på plats i Singapore ville rektorn förmedla att en lärare hade blivit sjuk. Hon undrade om Hope kunde infinna sig redan under morgondagen. Givetvis svarade Hope ja. Genast tog Maria upp sin mobil. Ringde och berättade den nya informationen för den som lyssnade. Efter samtalet höll hon i mobilen och stirrade rätt fram.

"Vad är det?" frågade Hope. Höll handen mot bröstet. Hjärtat slog lite väl fort.

"De skulle undersöka vem av lärarna som fattades eller var sjuk. En ny lärare kollas alltid upp. Din längd och dina blå ögon kan Daniel ha reagerat på." Det blev en kort stunds tystnad, men den kändes alldeles för lång. "Vi åker tunnelbanan tillbaka, men du får åka ensam hem. Jag ska träffa vänner. Du behöver mat. Ät i närheten av lägenheten. Kom ihåg, ät och drick alltid. Glöm inte det. Nästa gång kan det dröja. Lär dig det, Hope. Glöm inte parken. Var alltid förberedd."

"Jag förstår. Ses vi hemma?"

"Jag ska förtydliga mig. Nu ska jag träffa min kille. Du har aldrig sett honom." Maria harklade sig." Tack för idag", leendet var ett vänligt leende som till vem som helst.

"Du har rätt. Vi ses på skolan. Jag ska förbereda mig inför morgondagen. Tack."

Leendet stramade i ansiktet. En fot smekte hennes ben, då blundade hon hårt.

"Håll ut så länge det går. Jag kanske inte får reda på när dina föräldrar kommer hit. Då får du inte bli överrumplad." Ansiktet på Hope förändrades av lycka. "Nej, nu var det nära att du gjorde bort dig. Var alltid neutral. Tänk på Åsa och var motsatsen. Ta hand om alla elever och gör det bra."

En stund senare nickade de hejdå till varandra. Hope bytte linje ett par gånger för att komma hem till sin hållplats. På väg till hemmet fanns ett antal små restauranger. Bara tanken på mat vattnades det i munnen. Öl drack hon sällan, men på grund av värmen slog hon på stort. Åt gott och tittade på människor som passerade. En timma senare lämnade hon restaurangen och spankulerade hemåt. Såg sig inte om, bara fanns till. Tröttheten sköljde över henne. Tre öl hade hon druckit. Det var livsfarligt gott i värmen, men för en som aldrig drack öl blev det för mycket. Hope gillade öl, tänkte hon och flinade dumt. Varje trappsteg var tung för ben och andning. Önskade att hon hade vågat ta hissen. *Ta aldrig hissen*, ekade Peters röst i huvudet. Svor när hon stod utanför dörren. Återigen hade hon glömt att kolla i parken, men ett toalettbesök var akut nödvändigt. Hope försökte låsa upp dörren, den var redan upplåst. Förvånat gick hon in.

Tvärnitade, när hon såg männen. Flackade med blicken mellan dem, en av männen var Daniel.

"Jag har gått fel. Ursäkta mig", sa hon förvånat, men hickade till. "Ursäkta mig, jag har druckit ett par öl." Förvånat tittade hon på dem med stora ögon.

"Vad gör du här?" frågade Daniel barskt på svenska och tog ett steg närmare.

Kapitel 8

Hope stirrade fånigt på Daniel. Blicken gick till de andra männen. Log fortfarande lika fånigt. Vände sig mot ytterdörren. Tog ett par steg tillbaka. Genast stod två män jämte henne.

"Jag förstod inte vad du sa, men jag tycks ha gått fel. Ursäkta mig", sa hon på en typisk dialekt från Australien.

"Jaså, du kommer ifrån Australien", sa Daniel på engelska.

"Ja, lite överallt."

"Vad dricker du för öl i Australien?"

"Som många andra." Daniels ansikte blev spänt. "Foster´s. Jag tycker bäst om Victoria Bitter, men den är inte bitter", lade hon till och fnissade helt ologiskt.

"Min fru drack inte öl. Men du kanske kände henne." Hope slog ut med händerna. "Hon hette Åsa Berndtzon."

"Du kanske inte vet att Australien är sjätte största landet i världen med tjugosex miljoner invånare. Skulle jag ha träffat din fru där?" Hon flinade och hickade högt igen.

"Hon satt i ett kvinnofängelse utanför Perth. Blev mördad och begravd i Australien."

"Det var ledsamt att höra. Visserligen bodde jag ett kort tag i Perth, men jag har aldrig besökt ett fängelse." Återigen hickade hon till.

"Vad gör du här?" frågade Daniel och verkligen studerade henne.

"Jag ska arbeta som lärare i ett år. Släpp mig", sa hon ilsket.

Mannen släppte henne. Hope vände sig om och gick ut. Slängde igen dörren. Det ekade i trapphuset. Öppnade dörren och gick in.

"Jag bor här. Försvinner ni inte härifrån kommer polisen snart."

Daniel gick stelt fram till henne. Tog henne i armen och vred upp den bakom hennes rygg. Pressade sig emot henne. Äcklad försökte Hope komma undan, men då tryckte han hårdare.

"Du talar inte om för mig vad jag ska göra", svarade han sammanbitet på engelska. "Minns mina ord. Vi kommer snart att träffas igen. Jag vet att du ska börja på engelska skolan där mina barn går. Du är väldigt lik min fru. Vem är du? Egentligen?"

"Jag är Hope Jones från Australien och är lärarinna. Varför är du arg på mig? Jag känner dig inte. Släpp min arm", svarade hon och stirrade ilsket på honom.

"I första anblicken trodde jag att du var min tidigare fru."

"Du sa att hon var död. Missuppfattade jag din engelska? Du får bättra på den. Går du på mig bara för att jag påminner om din fru? Du är riktigt oförskämd."

"Min fru skulle aldrig ha tilltalat mig som du gjorde." Hope muttrade några hatiska ord. "Vad sa du?" frågade han ilsket.

"Stackars kvinna, hur kunde hon ha varit gift med dig? En översittare", sa hon högt och stirrade med avsmak på honom, men hickade igen.

Det tog två sekunder och hon låg på golvet. Dörren öppnades samtidigt av kvinnan från Thailand. Med outgrundlig blick stirrade hon på Hope som låg på golvet. Blicken gick till varje man som stod i lägenheten.

"Vilka är ni?" Inget svar. "Jag hörde er och ringde polisen. Gå! Lämna vår lägenhet."

"Jag har sagt till dem. Har ingen aning om vilka de är. Jag är tydligen lik hans mördade fru. Ändå tror han att jag är hans fru", viskade Hope, men började fnissa högt.

Med överlägsna miner i deras ansikten stirrade fyra män på dem. Bara för att visa sin makt stod de kvar ett par minuter extra och studerade kvinnorna ingående. Återigen öppnades dörren. Canadensiskan klev in med ett par manliga vänner. Alla hade ett par påsar med sig. Det klirrade från vin och ölflaskor.

"Vad har hänt?"

Männen lämnade lägenheten. Dörren stängdes. Även thailändskan lämnade rummet. Hope fick hjälp upp från golvet. Alla pratade i mun på varandra. Det enda svaret Hope gav var att hon inte hade någon aning om vilka dessa män var. Ifrågasatte irriterat hur männen hade kommit in i deras lägenhet. Canadensiskan med vänner skulle vidare. Efter toalettbesöket fick Hope ett glas vin. Samtalet flödade och frågorna var många, alldeles för många, som i ett förhör. Hon svarade som det stod i papperen, i alla fall det hon kom ihåg.

"Har du varit gift?"

"Vi bodde ihop", svarade hon stelt. "Jag lämnade honom mitt i natten. Hade jag stannat kvar hade han slagit ihjäl mig."

"Jaså, en hustrumisshandlare."

"Ja, tack vare honom har jag fått flytta genom åren. Hoppas att han inte hittar mig här", förklarade Hope och tänkte på Daniel.

"Har du levt ensam sedan dess?" frågade en av killarna och tittade intresserat på henne.

"Ja, men nyligen träffade jag en man hemma i Australien. Den här arbetsresan hade jag planerat innan."

"Då är du inte intresserad av att träffa en ny man. Fast det han inte vet har han inte ont av."

"Nej tack, det räcker att jag vet", svarade hon och log rart mot mannen.

När alla hade gått gick Hope in i duschen. Tårar droppade tillsammans med duschens strålar. Chocken över att Daniel hade hittat henne redan andra dagen var hemsk. Men nu var hon förberedd. Nya lärare fick lämna foton till skola och vakter. Ingen idé att gissa eller tänka hade Peter sagt. Det tog för mycket energi. Daniels doft skrubbades bort från henne. I skåpet fanns en parfymflaska, den tog hon och luktade på. Ute i köket satt thailändskan.

"Jag blev rädd för de där männen", viskade Lee som satt vid köksbordet.

"Jag också. Hörde du hur nervöst jag fnittrade? Jag kunde inte hålla mig."

"Har du gråtit?"

"Lite. Mannen slängde ner mig på golvet." Hon berättade snabbt vad han hade sagt. "En del män är hemska mot sina fruar. Vi pratar om annat. Trivs du här i Singapore?"

"Ja, jag arbetar mycket och kan skicka hem pengar."

Genast nickade Hope i förståelse.

”Vi får prata mer i morgon. Redan i morgon ska jag börja på mitt arbete.”

”Du sa att du skulle vara här i fyra dagar innan arbetet. Var är Maria?”

”Maria skulle träffa sin pojkvän. Rektorn ringde. En lärare hade blivit sjuk.”

”Hur har hon hunnit träffa en pojkvän?”

”De kände varandra från sitt hemland. Han arbetar här. Mer vet jag inte.”

Lee tittade gåtfullt på henne. I sin tur fick Hope lust att fråga vad hon grubblade på, men orkade inte. De sa god natt till varandra. Äntligen kom hon i säng. Dagen hade blivit otroligt lång. För första gången på ett antal år hade hon fått en skymt av två av sina tre barn. Återigen värkte det i hjärtat. Daniel. En man som trodde sig vara större än han var. Fortfarande lika snygg och stilig i sina märkeskostymer. Äntligen kom hon på ett par gamla ord. Pompös. Dryg. Hans image kommer att sprängas. Viskningarna kommer. Om de inte redan hade börjat.

Ändå kände hon dubbla känslor. Hat för allt ont han hade gjort. Hatet var så starkt att det inte gick med ord att beskriva. Vemod för att de en gång i tiden haft det bra. I alla fall från hennes sida. Deras tre fina barn kunde ingen ta ifrån henne. Men den mannen hade tagit ifrån henne allt. Nu var det hans tid, hans tur. Hon tog upp mobilen och gick ut på Youtube för att lyssna på musik. Annars skulle hon inte kunna sova.

Nästa morgon var hon på alerten. Nervös inför dagen, men ivrig att få träffa sina barn. Givetvis var hon otroligt rädd för Daniel. Den rädslan fick hon inte ta lätt på. Han var

160

farlig. Det visste hon om någon. En man som kunde beställa ett mord på sin fru, sina barns mamma. Hope skulle vara tuff och försiktig. Genast sträckte hon på sig. Hope var en överlevare.

Nästa morgon tog hon samma väg som tidigare och följde kartan. Många gånger inom sig tackade hon Maria för all hjälp. Hon hade verkligen banat vägen. I ett steg stannade hon till och kom på parken. Hur kunde du glömma av att gå dit igen, skrek hon ilsket inom sig. Tänk om det redan nu fanns ett viktigt meddelande. Direkt efter jobbet måste hon gå dit. Ordern från Peter var att leva som en lärarinna och ha ögon i nacken. Visa sig neutral. Lätt som en plätt, tänkte hon ironiskt.

Återigen stod hon utanför skolan och tittade. Ringde på klockan, fick svar och sa sitt namn. Grinden öppnades. Rektorn kom och mötte upp.

"Jag har med mig ett kompendium till dig. Du utgår från den. Här ser du vilken sal du ska vara i. Allt står där. Nu ska vi lärare och övrig personal möta barnen", sa hon överdrivet strikt. Rektorn tittade aldrig på Hope.

Hope sa inget. Bil efter bil kom. Hon presenterade sig för föräldrar och barn. I en av bilarna gick en livvakt ut och öppnade bildörren för tre barn. Ljusa. Hennes.

Ena benet vek sig, men hon klarade av att hålla sig uppe. Yr i huvudet böjde hon sig ned och låtsades plocka bort något från kjolen. Slängde en blick mot dem som kom från bilarna. Daniel och hans fru var inte med. Givetvis hälsade hon först på livvakten. Sedan hälsade hon på Noa, hennes minsting, som hade blivit stor. Noelle hälsade inte utan gick rätt förbi. Nästa var Lova. En blek flicka, långt ifrån sitt forna jag. Hjärtat snörde ihop sig och slog hårt i bröstet. Vad har han gjort mot dig, tänkte hon argt. Nollställde sig snabbt. Sträckte återigen fram handen och hälsade artigt. Lova tog hennes hand. Tittade länge på den. Höjde blicken. Ett osäkert leende dök upp i hennes ansikte.

"Mamma", viskade hon och blev förtrollande vacker i sitt ansikte. Hope skakade försiktigt på sitt huvud. "Vem är du?" Lova stirrade på henne. "Förlåt att jag stirrade på er. Ni påminde om min mamma", sa Lova artigt, men rösten darrade betänkligt.

"Är hon här?"

"Nej, i mitt hjärta. Ni är mycket lik henne. Pappa talade om för mig att hon hade dött", viskade Lova, men tittade forskande på Hope.

"Så ledsamt. Din mamma hade säkert velat att du gjorde det bästa av ditt liv. Har du släktningar som har hälsat på?" frågade hon lågt.

Då ljusnade Lovas blick.

"Nej, ingen har kommit hit vad jag vet. Men jag har mormor, morfar, moster och kusiner hemma i Sverige. Jag saknar dem. Mamma älskade oss. Jag vet det. Men jag måste vakta mina syskon. Det hade mamma velat", viskade hon.

"Om någon av dina släktingar hälsade på er. Vad hade du gjort då?" frågade Hope ännu lägre.

"Jag hade bett dem ta oss härifrån."

"Trivs du inte?"

"Nej", svarade hon och neg.

Hope slängde ett ögonkast efter Lova som snabbt gick över gården. Innan trappan vände sig Lova om och tittade

162

som hastigast mot Hope. De log mot varandra. Då log Lova med ett stort leende.

"Vad pratade ni om?" frågan från rektorn lät hård.

"Jag var tydligen lik hennes döda mamma. Så sorgligt."

"Flickan har inte mått bra sedan informationen kom", svarade rektorn enkelt.

Snällt gick Hope efter övriga lärare. Kroppen var i uppror. Hennes äldsta dotter mådde inte bra. Alla gick till klassrummen. Hope visste vad hon skulle göra. Idag var det geografi. Något Lova hade avskytt. Klassen med tonåringar i blandade åldrar började dagen. Geografin var lätt. Hope gjorde den roligare för ungdomarna. En del skrattade högt. Första lektionen var inriktad på själva geografin, men också till att lära känna varandra.

Varje gång hon gick förbi sin dotter ville hon ta henne i famnen och viska kärleksfulla ord. Få bort svårmodet i dotterns ögon och det spända ansiktet. Hope tvingade sig förbi och såg i ögonvrån hur Lovas ögon följde henne. För allas överlevnad måste hon stå ut. Under hela sitt liv hade Hope velat att lärare fanns ute på gården och pratade med barnen. Givetvis gick hon ut och pratade med elever som hon hade haft under dagen. Flera av flickorna kom fram och frågade om Australien. Sanningsenligt besvarade hon frågorna som ställdes. Vara hela tiden nära sanningen tärde på henne. Hela tiden tänka på hur hon gick, hur hon rörde sina armar och ansiktsmimiken. Till slut blev det oerhört tröttsamt. Lova höll sig på avstånd.

Dagarna gick och Hope föll in i ett tempo. Hemma varje morgon och kväll satte hon sig i parken. Drog på sig handsken. Lutade sig fram och kände med handen. Inget.

Om ingen var i parken gick hon stillsamt över till nästa parkbänk. Maria hade också kommit och gått i deras gemensamma bostad. På eftermiddagarna gjorde hon utflykter och hade blivit allt säkrare. En ledig dag åkte Maria och Hope tillsammans. De skulle göra en utflykt till en park.

"Hur går det för dig, Hope?" viskade hon.

"Enorm lycka och samtidigt är det väldigt svårt att träffa mina barn varje dag. Lova är en blek kopia av sig själv. Jag är rädd för att Daniel straffar henne för att hon är lik mig. Tänk om han sticker med dem. Robin skvallrade om mig."

"Jag tror inte att han sticker med dem", svarade Maria tveksamt.

"Varför tror du att Daniel var hemma hos oss?"

"Han testade dig, Hope. Du påminde säkert om gamla Åsa. Ni är lika långa du och Åsa. Glöm inte dina vackra blå ögon", sa Maria och log."

"Mina föräldrar får inte se mig. Mamma kan inte hålla sig. Eller jag kanske får en chock och förråder oss."

"Jag får bara reda på min lilla bit. Vi är rädda för läckor. I min grupp är vi poliskollegor från ett antal länder som samarbetar. Om någon frågar efter mig är jag med min pojkvän."

"Thailändskan Lee frågade efter dig. Jag svarade som vi kom överens om. Passa dig för canadensiskan och hennes vänner. Jag tyckte de frågade ut mig, men det kunde ha varit min rädsla. De frågade om vi kunde bli vänner på sociala medier. Jag svarade att jag inte hade sociala medier på grund av min tidigare pojkvän." Maria tittade allvarligt på Hope och nickade. "Om du är tvungen att vara borta kan du skicka ett meddelande till mig? Om det händer dig något kanske jag kan rädda dig", viskade Hope ynkligt.

"Bra tänkt angående sociala medier. Du har skött dig perfekt. Hope, du får inte bryta ihop", viskade Maria tufft.

"Jag är på väg att tappa greppet. Varje uns av ork går åt att träffa Daniel, hans iskalla fru och mina älskade barn. Lova är säker på att jag är hennes mamma. Första träffen när vi hälsade sa hon spontant mamma till mig. Vi håller oss ifrån varandra. Men hennes ögon, du skulle ha sett dem, tiggande om hjälp. Ett par dagar senare gick jag förbi hennes bänk, då visade hon ett vikt papper till mig. Jag gömde den. Pappret läste jag på toaletten. Hjälp mig och mina syskon, stod det. Nästa lektion nickade jag till henne. Min kropp är slut. Jag darrar för ingenting", svarade Hope och höjde rösten.

"Jag förstår. Du var väldigt tuff när männen stod i lägenheten. Det berättade thailändskan. Hon stod utanför dörren och lyssnade. Likadant sa hon om canadensiskan med vänner. Du blev utfrågad. Du klarar det du måste klara. För dina barns skull. Glöm aldrig det. Jaså, Lova kände igen dig." Hope nickade. "Bara inte att någon av er försäger sig. Nu slutar vi prata om det här. Annars skrämmer vi upp varandra. Vi ses när vi ses. När allt sätts i gång vet ingen vad som händer. Och det kan gå väldigt fort. Var flexibel."

"Du sa att jag var tuff. När Daniel stod i rummet kunde jag inte tänka klart. Jag hade druckit tre öl på restaurangen och var i trängande behov av ett toalettbesök."

"Så du menade att du blev tuffare för dessa orsaker", skrattade Maria högt.

En av helgdagarna åkte Hope långt med tunnelbanan. Kollade kartan. Bytte flera gånger och kom allt längre bort från staden. På ett ställe där det inte var lika mycket trafik hyrde hon en moped och övningskörde hela dagen. Körde ut på en trafikerad gata och in på en mindre. Ställde mopeden jämte motorcyklar nära en uteservering och satte sig för att äta. Lugnet ingav falsk avkoppling, men hon behövde det. Kom på hur lätt hon hade att köra på vänster sida på grund av alla andra trafikanter. Stillsamt gick hon ut från restaurangen och promenerade gatan fram tills den vek av. Då såg hon master från båtar. Dit gick hon sakta och verkligen njöt. Satte sig och tittade på båtarna. Studerade kartan från bostaden till flygplatsen och passagerarbåtar. En blick gick till småbåtshamnen. Den såg privat ut. Blundade och försökte se framför sig vart hon skulle åka ifall det hände något särskilt. Ha plan A och B samt C och D. Stillsamt reste hon sig och gick tillbaka till mopeden och åkte. Visste med sig att det var en bra bit bort till flyget och båtarna.

Den gamla Åsa hade en hemlighet. Hemma i Sverige, för länge sedan, hade hon kört motorcykel utan körkort. Farten hade hon alltid älskat. Den ordentliga Åsa fick alla sina behov tillgodosedda på motorcyklar och snabba bilar. Daniel gillade inte vilda självständiga kvinnor, därför berättade hon aldrig om sin vilda sida. Inte för någon annan heller, tänkte hon med vemod. På den tiden trodde hon att han blev orolig om hon körde för fort.

Varje kväll innan lampan släcktes läste hon om ön Singapore, om staden med samma namn. Fingret följde vägar, tunnelbanor och bussar. Kollade även in var större polisstationer låg. Hur man tog sig fram på olika sätt. Läste

166

återigen kartan. Passagerarfärjor, flyg och småbåtshamnar, allt var viktigt. Tog en penna, det var lättare att följa gatorna. Mindre gator stod inte med. Följde med pennan den stora gatan bortanför där hon bodde. Ännu en gata längre bort fortsatte mot flyget, den mindre åt andra hållet mot en småbåtshamn. Förhörde sig på viktiga gatunamn. En engelsk roman låg på nattduksbordet. Märken gjordes i boken, men hon läste den aldrig. Ingen av dem hon delade lägenhet med hade tid för samtal. Kvinnorna tycktes arbeta skift och sågs sällan. Några gånger hade de suttit vid samma matbord. Alla berättade om sina hemländer och anekdoter därifrån.

Fjorton dagar hade gått sedan Hope kom till Singapore. Inget hade hänt. Varje skoldag pratade hon med eleverna. Lät barnen komma till henne. Noelle, Hopes mellanbarn, hade pratat med henne ett par gånger. Varje gång ville hon ta sitt barn i famnen och bara krama henne. Och varje gång höll hon sig. Vad hon förstod av alla dessa samtal med eleverna var att de anpassade sig dit föräldrarna flyttade. Men alla hade ett gemensamt drag, de saknade släkten.

En dag kom Noa och satte sig jämte henne. Oväntat klappade han hennes hand. Smekte den. Han ställde sig upp och tittade på henne. Hope lät honom studera henne. Tårar steg i ögonen, men dessa blinkades frenetiskt bort. Varje dag var en dag, för varje dag närmade sig sitt slut. Hon måste stå ut.

"Du har samma färg på ögonen som mina systrar. Jag önskar att du var min mamma. Du är len. Jag tycker om att prata med dig."

"Hemma pratar du väl med din mamma och pappa."

"Nej. Min mamma är död."

"Har du ingen att krama?" frågade hon försiktigt.

"Mina systrar. Jag får sova jämte min storasyster Lova, men pappa tycker inte om det."

"Sover du hos henne när han inte är hemma?" frågade hon och blinkade med ena ögat.

Pojken nickade och log stort. Sedan sprang han till sina vänner och sparkade fotboll. Då och då vinkade de till varandra. Den dagen kändes det extra svårt att lämna skolan. Med bestämda steg gick hon ut från skolområdet och stängde grinden efter sig. Hoppade till då hon såg Daniel som stod utanför sin bil och väntade på barnen. Vad hade Åsa gjort? tänkte hon febrilt. Hon hade tittat ned på marken för att undvika bråk. Inte undra på att den stackaren hade haft huvudvärk. Med tanke på minnet sträckte hon på sig. Hope stirrade irriterat på honom och skakade på sitt huvud. Tänkte samtidigt på hur hon gick.

"Jag kommer efter dig!" ropade han på svenska.

Det blev svart i hennes huvud. Inget ord kom ut. Engelskan var som bortglömd. Då gjorde hon en ful grimas mot honom. Plötsligt kom ett ord till henne.

"Gubbjävel", muttrade hon dovt och blev förfärad. Hon svarade på svenska.

Med stolthet i kroppen gick hon till tunnelbanan. Tänkte på sina barn. Det var trevligare. En hel helg låg framför henne tills hon återigen fick se dem. För första gången på länge längtade hon efter mammas kålpudding och potatismos med lingon. Maten i Singapore var god, men mammas mat var svensk husmanskost. Saknaden kom också över henne efter höstens friskhet hemma i Sverige. Håglöst gick hon hemåt, men som vanligt gick hon till den närmaste parken. En person satt på den bänken hon skulle sätta sig på. I stället gick hon vidare och kom tillbaka en halvtimma senare. Satte sig ner. Kände efter. Inget meddelande. Bara för att det inte fanns något meddelande fortsatte hon sin promenad runt husen och in i affärer, mest för att tiden skulle gå. Den kvällen la hon sig tidigt.

På morgonen bestämde hon sig för att jogga. Slängde på sig shorts och ett linne. Stack fort hemifrån. Irritationen slog som piggar i henne. Genomsvett kom hon tillbaka och var på väg upp till lägenheten. Hon glömde parken. Grinigt gick hon dit och bara satt där på bänken. Trött. Så jävla trött på allting. Väntans tider i fängelset. Väntans tider när hon var skadad. Väntans tider hemma i Sverige. All väntan. Svett som ständigt rann. Jag är trött på allt, skrek hon inom sig. Nu fick hon ur sig den värsta irritationen.

Automatiskt kände handen efter något som aldrig fanns där. Suckade högt, men satt kvar. Hjärnan talade om för henne att det var annorlunda i röret. Genast gick blicken vaksamt runt parken. Ingen. Återigen kände hon efter. Ett papper! Huvudet blev fullständigt tomt. Hjärtat började slå hårdare. Blicken stirrade in i buskarna på andra sidan. Handen darrade när hon drog ut papperet. En äldre man var på väg in i parken. Papperet trycktes försiktigt ned i fickan. Fick av sig handsken, drog upp en pappersnäsduk ur samma ficka. Omständligt torkades den svettvåta pannan. Reste sig och stretchade. Helst ville hon springa hem och läsa lappen. Kände efter att lappen låg kvar. Tvingade sig att gå lugnt. Tjejerna åt frukost.

"God morgon. Kan jag duscha? Bra. Jag skyndar mig."

Genast gick hon in och drog av sig kläderna. Satte på duschen och tvättade sig. Lee bankade på dörren. Hope var så gott som färdig och svepte om sig badhandduken. Tog sina kläder och lät Lee rusa in. Gick in till sitt sovrum. Lukten var annorlunda. Canadensiskans doft. Då tittade Hope på boken. Den låg inte exakt på samma ställe. Mobilen hade lagts efter en rand på nattduksbordet. Nu låg den inte efter randen. Anteckningsblocket var flyttad. Förtvivlat såg hon sig runt i rummet. Visste med sig att hon inte hade sparat på kvitton. Allt slängdes ute i olika papperskorgar. Hope tvingade sig att inte låtsas om något.

Maria och Hope delade på en tvättställning som stod i sovrummet. Hon tog på sig mjuka byxor och en längre blus. Hängde upp shorts och linnet. Smög ned handen i shortsen och fick med sig lappen, vilken trycktes ned i fickan på de tunna byxorna. Blusen var lite längre och gömde lappen i fickan. Lugnt gick hon ut från rummet. Ropade hejdå till de andra två. Stressen låg utanför kroppen inte enbart för canadensiskan, utom mest för papperet. Benen kändes som hårda styltor. I lägenheten ville hon inte läsa lappen. Någon kunde se och undra.

Några gator längre bort gick hon in i en klädesaffär tog ett par blusar. Fortsatte rätt in i ett bås för att prova kläder. Hängde upp dessa på en krok. Drog upp lappen och läste den fort.

Kodnamn Octopus är i gång. Var mer observant. Redan rörigt. Mer meddelande kommer. Var extra förberedd. Gå till parken oftare. Papperet revs i småbitar.

Betalade blusarna. Fick kvittot. Inne i affären stod en papperskorg där en del av pappret slängdes. Gick ut från affären med påsen. Köpte en flaska vatten på ett annat ställe och slängde resterande av papperet i deras papperskorg. Plötsligt kom hon på sig att vilja dansa fram på gatan. Äntligen. Äntligen, skrek orden inom henne.

Lyckan bubblade inom henne, men tyvärr kunde hon inte berätta detta för Maria. Hon ville så gärna. En vän. Mitt i ett danssteg dök en bar upp. Hon tvärnitade. En människa gick rätt in i ryggen på henne. Hope vände sig om och bad om ursäkt. Kvinnan nickade och promenerade vidare. Automatiskt skyndade hon in till baren och satte sig längst in. Häpet såg hon kvinnan leta efter någon. Letade hon efter Hope? Maria hade varken varit på jobbet eller hemma. Maria visste om gömman i parkbänken. Risken fanns att hon hade blivit tagen. Rädslan började sticka som tusen nålar. Kvinnan gick in på puben, tittade och gick ut igen. Kikade därute i sin mobil och vände sig om. Gick därifrån. En stund senare promenerade hon återigen förbi med mobilen mot örat. Plötsligt stannade hon och kikade in. Hope tryckte sig längre in i hörnet med sin öl. Utanför gick kvinnan fram och tillbaka med mobilen i sin hand. Stillsamt satt Hope kvar. Kvinnan skuggade henne! Föräldrarna hade kommit till Singapore. Barnen och föräldrarna var viktigare än allt annat. Vad som än hände fick deras säkerhet inte äventyras.

Ögonen följde det som hände utanför. Kvinnan hade inte visat sig igen. Två öl hann slinka ned. Två öl av stress. I en pub kunde hon inte med att sitta med ett tomt glas. Sakta gick hon ut och hemåt. Kollade gatorna runt sin bostad, men ville inte gå dit. Oron drev henne vidare ut på en större gata. Tittade i skyltfönster, fortsatte gå och kom runt nästa gata. Såg korsningen längre fram. Satte sig på en uteservering och drack te. Fortsatte sin promenad. Glass och en parkbänk var det bästa beslutet. När kvällen kom promenerade hon sakta hem. Under den mörka himlen blev staden annorlunda. Påsen med de nyinköpta blusarna hade hon glömt någonstans. Lycka för någon annan, fnissade hon till.

Måndag morgon. Äntligen var helgen slut. Inga nya meddelanden hade kommit. Det första hon köpte var en engelsk tidning. Den lästes på tunnelbanan. Chockad höjde hon tidningen. Var rädd för att någon skulle se hennes ansiktsuttryck. En fantastisk villa med en lika fantastisk bil visade tidningen med en stor bild och fet skrift. Ett foto liknade det som hennes pappa hade visat när hon satt i fängelset.

Rykten säger att en vit utlänning och hans inhemska fru handskas med droger. Varje ord andades hat mot den vita personen och hat mot droger. *Hur mycket pengar det genererade, till följd av brottslighet samt hur många som avled på grund av droger. Mer artiklar om detta kommer följande dagar.*

Hope tog upp sin penna och löste sudoku tills hon kände sig normal. För varje steg hon närmade sig skolan desto mer svettig och illamående blev hon. Bestämde sig för att inte köpa tidningen igen. Artikeln stressade henne. Spänningen i kroppen gjorde ont med tanke på hur Daniel kunde reagera. Stegen gick allt långsammare tills hon hade hämtat sig. Då var hon framme vid skolan. Fortsatte in på den lilla skolgården. Tvingade sig att stå still. Tog emot barn och föräldrar.

Ingen av hennes barn var med denna gång. Orolig följde hon efter de andra lärarna in och hade svårt att koncentrera sig. Under första rasten gick hon för att prata med rektorn om barnen som inte hade kommit. Enligt rektorn skulle de tre barnen, syskonen, få träffa sina morföräldrar. Orolig gick hon till sitt klassrum. Inte heller nästa dag kom barnen. Återigen gick hon till rektorn och frågade. Den här gången mumlade rektorn att barnen var på semester med morföräldrarna. Tydligen var detta inget som hade hänt tidigare.

"Har du läst artiklarna i tidningen?" frågade rektorn allvarligt.

"Vilken tidning?"

Rektorn tog upp en tidning och lämnade den till Hope som tittade i den. Bläddrade på måfå.

"Ser du inte vem det är på framsidan? Känner du igen honom?"

Då tittade Hope igen. Redan under första titten hade hon sett Daniel.

"Jo", sa hon tveksamt. "Är det fadern till ..."

"Ja, sa rektorn bestämt. Jag har tidigare pratat med hans fru. De har ljugit för oss. Tydligen var han fortfarande gift med sin första fru när de var gifta. Det stod i artikeln. Här finns artiklar och foton på den mördade frun. Tills vi vet fortsättningen på den här historien är barnen välkomna tillbaka. Du måste behandla dem med respekt."

"Självklart. Barn kan inte hjälpa vad deras föräldrar gör."

"Men andra barn och deras föräldrar kan mobba dina barn, Åsa."

Iskallt stod Hope kvar och låtsades läsa artikeln, men kroppen hade frusit till is.

"Stackars barn, de vet inte vad de har att vänta", sa hon högt på engelska.

Forskande fortsatte rektorn att titta på henne.

"Du kan gå", sa den stela damen bestämt.

Efter lektionerna slut gick hon ut från skolan och kände sig som en vindflöjel, som blåste än hit och än dit. Daniel vet. Vad vet rektorn? Hade han hotat henne? Tog en riktigt lång promenad mest för att tiden skulle gå, men också för att oron skulle lägga sig. Väl hemma fortsatte hon att gå åt motsatta hållet och tittade i skyltfönster. Därifrån kunde hon gena parken från andra hållet och hinna se efter om mer nyheter hade kommit. Ingen lapp. Släntrande gick hon över till nästa parkbänk. Ingen var i parken. Då kände hon efter. Där låg ett papper! Fort som attan drog hon upp papperet och la handen på bänken. När hon läste det började ansiktet koka av stress.

Tre barn och föräldrar skyddade. Försvinn! Nu! De är ute efter dig!

Genast studsade hon upp och var på väg att springa ut från parken, men kom på sig och promenerade lugnt över gatan. Fortsatte till sin uppgång. Sprang uppför trapporna, men sprang ner igen. Rev med darrande händer papperet i tusen bitar. Slängde i förbifarten bitarna i en korg som stod jämte en dörr. Sprang tillbaka upp igen. Låste upp dörren. Fortsatte i full fart in i sovrummet. Drog fram ett par ombyten kläder. Dessa trycktes ned i tygkassen från Åhléns, vilken lades ner i tygryggsäcken. Bytte till shorts med stora fickor. Specialinköpta i Australien för just detta tillfälle. Flykten. Mobil, pass, visakort och kontanter trycktes ned i fickorna, dragkedjan drogs igen på varje sida. Med sin ryggsäck i handen skyndade hon ut från sitt rum. Tvärnitade. Stirrade.

Mitt på golvet stod canadensiskan och Robin från Sverige. Båda tittade på henne. Kvinnan hade sin hand bakom ryggen och tog ett steg mot Hope. Robin stod kvar jämte kvinnan och tittade. Själv stod hon still. Det blev svart i huvudet. När faran sjönk in började kroppen skaka.

Kapitel 9

Skräckslaget stirrade hon på dem.

"Ge mig din ryggsäck", sa kvinnan med hård röst och vinkade till sig Hopes ryggsäck.

Robin sa fortfarande inget. Rädslan vände till ilska. Den växte för varje andetag. Så nära att fly och äntligen få träffa barnen gjorde henne riktigt arg. Farligt arg. Ryggsäcken bestod av tyg med en platt botten och kanter på varje sida. Den ena sidan skickade hon rätt på kvinnan. Först träffades Robin i huvudet som tappade balansen och föll tungt på kvinnan. Båda föll ner på golvet. Ett vapen flög i väg ur kvinnans hand och landade längre bort. Hon var klumpig och var på väg att resa sig upp. Hope höjde ryggsäcken för att slänga den på henne.

"Spring!" viskade Robin på svenska och som var snabbare uppe på benen.

Det gjorde hon och smällde igen dörren efter sig.

"Spring efter henne!" ropade kvinnan.

"Jag är på väg!" skrek han.

Benen sprang som lärkvingar nerför trapporna. Hon hade fått tunnelseende. Men hann inte långt. Robin hoppade ner till nästa trappavsats och fick tag på henne. Höll henne hårt mot sin kropp. Drog ner henne mot en dörr.

"Lisa! Lyssna! Lyssna för fan!" Han skakade henne. "En svart bil står ute på gatan och väntar på dig. Det finns en annan väg. Kom!" sa han lågt. "Snälla du. Lita på mig, Åsa, Lisa, Hope. En liten tygväska får mig inte att falla. Jag välte mig över kvinnan. Det borde du ha förstått. Tror du verkligen att jag hade skämt ut min pappa hemma i Gråbo. Han känner Sören."

Du måste chansa. Peters röst. Genast följde hon efter honom.

"Gå ut där", pekade Robin viskande. Fiskade upp nycklar ur sin ficka och gav henne dessa. "Den går till den låsta dörren. Här är nyckeln till en svart lätt motorcykel med gula stripes. Den står på andra sidan av huset. Dra bort de gula stripen. Det är som att köra en moped. Hör du stegen i trappan? Spring! Nu!"

"Hur kommer det gå för dig?"

"Jag tappade bort dig. Du låste dörren. Riv mig över ögonen. Stick!" Hope rev blixtsnabbt. "Fan vad snabb du var. Åh, det svider som eld."

Hon slet till sig nycklarna. Låste upp dörren. Kom till en korridor. Hörde hur tungt Robin andades när han sprang uppför trapporna. Han pratade högt i mobilen.

"Jag fick tag på henne, men hon rev mig i ansiktet, kom loss och försvann. Dörrarna var låsta på bottenvåningen."

Äntligen fick hon upp den låsta dörren. Smög ut. Fick stängt dörren. Sprang som en galning över gården. Tyckte sig höra skott från ett vapen, men var då vid nästa husgavel. Motorcykeln med gula stripes stod parkerad med andra cyklar. Den stod med styret utåt, hon förstod varför. Hjälmen trycktes på, men hon hann inte knäppa den. Ryggsäcken hängde kvar på ryggen. Startade. *Smek gasen.* Berits röst. *Gasa inte. Jaga inte din väg. Folk blir nyfikna.* Robins röst ekade in. Lättsamt gled hon ut på gatan. Den svarta bilen kunde komma bakom henne, men de visste inte om motorcykeln.

Ett kvarter längre bort bromsade hon. Drog av de gula stripen. Slängde massan i en papperskorg. Hängde ryggsäcken på styret. Tog upp solglasögonen och fick knäppt hjälmen ordentligt. Gasade på och smög emellan andra trafikanter. Ibland gungade hon till med motorcykeln. Det var en bra bit till flygplatsen. I sin inre syn såg hon hur vägarna gick. Tackade sig själv för att ha övat och läst kartan i omgångar med tanke på flyktvägar. Mest stressande var ljussignaler och horder av cyklister och mopedister. Gatan myllrade med bilar och andra trafikanter. De kom för nära henne. Flera gånger hade hon varit nära att köra på cyklister. En snyftning gled ur henne. Oväntat surrade mobilen i byxfickan. Stressat körde hon in vid sidan av gatan.

Kom inte till flygplatsen eller passagerarfärjor. Gör det bästa av din situation. Tyvärr får du ingen hjälp. Allvarligt läge. Lita inte på någon. Ta bort meddelandet. MS.

Maria Sverige! Då litade hon på meddelandet. Ingen hjälp. Stressat undrade hon vad hon kunde göra. Efter några sekunder sjönk hon ihop och gav upp. Mindes då den större polisstationen och körde dit. Vid sidan av vägen stannade hon och kikade fram. Mängder av rörelse från polismän och deras bilar. Mellan dem såg hon ett par män stå med en tidning på var sin motsatta sida av gatan. Då såg hon att de försiktigt skakade på huvudet till varandra. Rädd svängde hon tillbaka mot den större gatan och körde mot nästa polisstation. Kom dit och gjorde detsamma. Likadant där. Småbåtshamnen. En chansning. Stillsamt körde hon förbi dem till nästa korsning. Körde en längre bit. Kände igen namnet på en större gata och fortsatte på den. Polisbilar körde förbi med sirener på.

Ingenstans vågade hon stanna. Rädslan för att bli stoppad växte för varje sekund. Återigen rött ljus. Överallt ställde sig olika motorfordon runt henne. Alla dessa mopedister körde alldeles för nära. Motorcyklar kom sakta upp på var sin sida om henne. Som en förstelnad nickedocka nickade hon stelt mot förarna. Väntade på döden. De nickade tillbaka. Ljussignalen ändrade färg. Alla fortsatte fram. Längre bort svängde de av vägen. Hon pustade ut, fortsatte fram på gatan. Femton minuter senare kände hon igen sig. Kvarteret gick åt höger och där borta låg småbåtshamnen. Turisternas. Det hade hon sett på flaggorna från olika länder. Lättad fortsatte hon en bra bit tills hon såg master från båtar.

Letade upp ett ställe med andra motorcyklar. Körde försiktigt in bland alla dessa. Nu fick hon problem. Händerna ville inte släppa taget om styret. Försiktigt fick hon upp ett finger i taget tills hon kunde släppa handtaget. Stängde av motorcykeln. Klev stelbent av. Höll på att välta motorcykeln och ramla bakåt på andras motorcyklar. Klarade av balansakten. Bestämde sig för att nyckeln fick sitta kvar. Satte hjälmen på tanken. Drog med fingrarna igenom sitt svettiga huvud. Hängde på sig ryggsäcken. Stod någon minut för att hämta andan. Gick vingligt mot hamnen. Master svajade mot himlen. Vägen dit kändes otroligt lång. Trots darriga ben tvingade hon sig vidare. Första gången hon var där hade hon förstått att båtarna hade utländska ägare. En del hade stora motorbåtar, andra var smäckra segelbåtar. I vinden hade flaggor från olika länder vajat stillsamt. Då hade hon sett att båtägare bunkrade upp en hel del varor.

Hope mindes att området var instängt med ett långt staket av nätgaller. Det fanns en stängd järndörr med kod in till småbåtshamnen. De rika turisterna behövde skydda sig och sina fina båtar. En ful grimas drog över ansiktet för hon skämdes. En del var rika, andra mindre rika och så fanns det fattiga. Så var det bara. Ett flak på hjul med frukt och dryck stod i början på gatan. Dit gick hon. Köpte ett par flaskor vatten och bananer. När hon närmade sig ingången till småbåtshamnen kikade hon efter andra som skulle dit. Ingen. Tittade åt motsatta hållet. Parkbänkar. Ett par stod under träden. Skugga. Dit tog hon sig, drack några klunkar vatten. Blicken var stadigt riktad mot den låsta dörren.

Helt ologiskt tänkte hon att hon hade tur, mensen hade precis tagit slut.

"Jag håller på att bli galen", muttrade hon högt.

Tittade på sina kläder och hoppades att de skulle passa in bland båtägarna. Iallafall hennes solglasögon. Slängde en blick ut på vägen. Längre bort kom en stor svart bil. Den såg likadan ut som Daniels. Svart bil stod hemma på gatan och en vid polisstationen.

Oroligt flyttade Hope på sig. Gick hukande från parkbänken. Smög in bakom ett träd, smög längre bort från gatan. Bilen fortsatte fram och förbi där Hope hade suttit. Den stannade. Plötsligt bleknade hon. De sökte efter en person. Kvinnan vid puben. Mobilen. Canadensiskan, flämtade hon. Bilen svängde i slutet på gatan. Då skyndade hon sig bort därifrån. Sprang upp bland buskarna. I farten fick hon tag i mobilen. Stannade. Stängde av den och tog ut sim-kortet. Två olika ramlade ut. Stampade på båda. Skyndade vidare och sprang förbi en papperskorg. Slängde korten däri.

Sprang mellan gatorna. Stannade. En person var på väg till en ingång. Gick fort dit. Kom in på en gård. Hittade en tegelliknande sten och smällde den över mobilen. Tog ut batteriet. Smällde det också. Lyfte på en påse skräp och slängde ner mobilen i en tunna. Sprang tillbaka mot utgången. En rörelse av kläder skymtade åt höger. Blicken gick genast dit. Kläder hängde på tork. I farten sprang hon rätt in i väggen. Smällen ekade i huvudet. Sekunder tickade på. Inget hände. Då log hon tacksamt. Men, så kom den.

En infernalisk smärta på vänster sida av pannan spred sig. I ryggsäcken låg den större kepsliknande hatten. Prislappen slets av, hatten trycktes ner på huvudet. Då stönade hon högt av smärta. Drog upp hatten en aning. Värken blev värre än värst. Svett porlade ner från pannan. Svimfärdig strosade hon ut till trottoaren som vilken annan som helst. Härmade andra kvinnors gångstil, vilket hon hade övat på många gånger i sitt sovrum. Vandrade tills ett stort varuhus visade sig, gick in och fortsatte till utgången på andra sidan. Den stora gatan pulserade av liv. Röster ekade in och ut. Återigen närmade hon sig småbåtshamnen. För varje steg bultade huvudet. En dimsyn kom och gick. Samma svarta bil körde sakta förbi henne. Hope tittade bort.

Gatan gungade. Tog ett snedsteg, men tvingade sig mot en glassförsäljare. Köpte en glass och en vattenflaska till. Med glassen i handen gick hon utstuderat sakta till samma parkbänk som tidigare. Hon vågade. Hon skulle vinna. Värken i pannan tvingades bort. För varje sekund som gick såg hon sina barn framför sig. Lyckliga barn. De var tillsammans och hon strålade i kapp med dem. Lycka och kärlek.

Bilen körde bort. Ett antal personer kom gående, de skrattade högt. Påsarna var många. Galet dumt, men hon skulle göra ett försök. Hope åt upp resten av glassen. Tog upp sin eleganta tygkasse från tygryggsäcken och tryckte ned sin slitna ryggsäck i kassen. Folket var på väg mot den stängda dörren. Försiktigt reste hon sig och släntrade efter dem. För varje steg pulserade smärtan i pannan. Hatten drogs ned åt vänster sida. Blicken kunde inte följa allt som hände. Yrseln hade blivit värre. Leende pekade hon på sin hatt och log. Kvinnan skrattade tillbaka och visade en likadan. Dörren hade en kod. Hope ställde sig så att hon såg koden. Alla gick igenom. Så även Hope, som samtidigt tackade någon för att skymningen var på väg.

Duschrum. Stegen tog henne dit. Chansade och slog in samma kod. Det klickade i dörren. Smet in. Två steg in tändes automatiskt ljusen. Gjorde ett toalettbesök. Fina handdukar och tvålar låg uppradade på en hylla. Hennes kropp var klibbig. Från håret och under brösten rann svetten. Kläderna var ständigt fuktiga. Råkade se sig i en stor spegel. Bulan i pannan hade blivit enorm. Svullnaden var på väg ned över vänster öga. Ett lågt stön gled ur henne när hon råkade komma för nära. Satte sig på en bänk för att vila innan duschen. Lutade sig åt sidan. Helt väck vaknade hon en halvtimma senare. Med försiktiga steg gick hon in i duschen stod där länge och väl. Lät strålarna massera varenda del av kroppen, från håret och ända ner till fötterna. Bet ihop tänderna på grund av smärtan från huvudet. Torkade sig oändligt sakta. Lika oändligt försiktigt fick hon på sig torra kläder. Drog på sig likadana shorts som innan. Allt viktigt trycktes ned i fickorna. Dragkedjorna drogs igen. Lättare att smyga på en båt utan sandaler som lät. Kläderna trycktes ned i väskan. Smög mot dörren.

Barfota öppnade hon dörren och kikade ut. Nästan mörkt jublade hon, men stönande högt. Smet ut. Ett ljus riktades mot vissa bryggor, ljuset förflyttades. Då förstod hon att någon lyste med en ficklampa. Smet in i duschrummet. Stängde dörren. Väntade precis innanför. Inget ljus tändes. Tittade på klockan och lät fem minuter passera. Öppnade dörren igen. Lampor hade tänts på varje brygga. Mer folk kom gående utifrån och gick in i båthamnen. Dessa inväntade Hope och gick stillsamt med. Mellan dem kikade hon ut till båtarna på olika bryggor. Blicken stannade till. Förundrat tittade hon. Under en hög lykta vajade en norsk flagga i vinden. Genast gick hon ut på den bryggan som ledde till den norska flaggan. För övrigt var det mörkt. Båtarna stod tätt ihop.

Med försiktiga steg närmade hon sig båten. Tog ett kliv ut på en riktigt stor båt. Hjärnan orkade inte tänka på grund av det envist tunga bultandet i pannan. Det påverkade ögonen, särskilt det vänstra. Värken hade förflyttat sig bakåt i huvudet. Med ett stönande kikade hon runt. Ståendes på däck såg båten ännu större ut. Sakta smög hon runt båten. Röster kom från en ventil. Engelska med en amerikansk dialekt. Förvånad över deras engelska tittade hon på båten jämte. Den norska båten låg bredvid. Hon hade gått ombord på fel båt. Gråtfärdig tryckte hon ned hatten i väskan. Höll sig i relingen. Slaget i huvudet var värre än hon trodde. Dubbelsynen hade blivit kraftigare. Hennes barn vinkade på henne från den norska båten.

"Mamma kommer", viskade hon och blinkade till. Barnen var borta.

Hope bet ihop. Kände med handens hjälp längst sidan. Tänkte smyga tillbaka till bryggan, men ett antal personer steg ombord. Båtägaren fick gäster. Stora diskussioner ekade dovt ut genom ventilen. Hope höll sig desperat med händerna där hon kunde. Kroppen svajade. Lille Noas leende ansikte visade sig. Hans smekning kom till henne. Bleka Lova vände sig om och tittade längtansfullt på henne. Smärtan gav henne svår yrsel. Kröp över till den norska båten och gled ner vid sidan. Den här gången hörde hon norska röster. Lättad kröp hon bort och låg tryckt intill båten.

Nära en ventil hördes röster som sa något om att åka ut på havet. Hope måste förflytta sig till en bättre plats. Ena foten flyttade sig några centimeter, mer orkade hon inte. Smärtan och yrseln hade tagit ett grepp om henne. Snabba steg närmade sig.

"Hjälp mig. Min fästman har slagit mig", viskade hon på engelska. "Låt mig stanna. Annars mördar han mig. Jag får aldrig se mina barn igen. Snälla, hjälp mig."

Det blev en lång tystnad. Ett starkt illamående gjorde sig tillkänna.

"Du skrämde mig. Kom", viskade mannen.

Illamåendet försvann. Mannen hjälpte henne upp och gick föröver. Visade en plastlåda. Satte ner henne bakom den och satte sig jämte henne. Tände sin ficklampa. Han ryckte till. Flämtade.

"Han har verkligen slagit dig."

"Jag är från Australien. Mitt namn är Lisa. Vi är här på semester. Jag visste inte att han använde droger. Tvingade med mig till den båten. Vi fick en egen hytt. När han ville att jag skulle gå med en annan man vägrade jag. Då visade han vem som bestämde och slog till mig. Han hade knogjärn i handen när han slog", viskade hon och pekade mot den amerikanska båten.

"Min fru och jag blev inbjudna igår kväll. Vi gick ganska snart därifrån. De har ständigt besök av män och deras livvakter. Vi skulle ha åkt tidigare, men inväntade vårt nya segel samt en del mat. Var försiktig med bulan. Ditt vänstra öga är på väg att svullna igen. Vem är du?" Det blev tyst någon minut. "Hur mår du?" frågade han oroligt.

Hope tog hans arm och klappade den vänligt. Ögonlocken hade blivit allt tyngre. Svullnaden hängde tung över ögat. Kände i fickan efter sitt pass och visade norrmannen att hon var australiensisk medborgare. Illamåendet kom och gick.

"Jag mår bra", ljög hon viskande. " Tack. Du är snäll. Har du sett att det är mycket pådrag i Singapore? Undra vad som har hänt?"

Helst ville hon lägga sig ned på durken och sova, men tvingade sig att sitta kvar.

"Jag har hört sirener. Det har varit mycket trafik där borta på vägen", svarade mannen. "Svimma inte", viskade han och höll i henne.

"Jag är rädd. Hjälp mig, snälla du!" viskade hon och darrade synligt i kroppen.

När försiktiga steg kom till dem tystnade de.

"Fleming, vart tog du vägen?" viskade en norsk kvinnlig röst.

"Föröver. Jag kommer strax", sa han högt. Vände sig till Hope. "Vi hade planerat att segla till Australien. Vi har en motorbåt med ett stort segel", viskade han till Hope. "Kan du lägga dig i den här lådan? Klarar du det? Det är hål i den. Jag måste låsa. Gör det innan min fru kommer. Hon är väldigt orolig."

Med snabbhet låstes locket upp. Mannen tog upp ett par saker som var till båten. Pekade. Hjälpte Hope ner i lådan. Gav henne ryggsäcken och drog ett segel över henne. Hon lade sig ned. Vid liggande ställning ändrade sig värken och exploderade. Då stönade hon riktigt högt. Norrmannen lade skyndsamt över henne en del av seglet och trasor. När han stängde locket blev han tydligen skrämd.

"Du skrämde mig", viskade han halvhögt.

"Är du arg på mig? Vad ska jag göra med påsen jag hittade i deras båt?"

"Du är galen! Kunde du inte ha låtsats att du inte såg påsarna. Sådana människor har stenkoll på sina varor. Nu fattar de direkt att det var vi. Våra möjligheter att sticka härifrån har minskat med fara för våra liv. Tänkte du inte på våra barn?"

"Vi väntade på seglet", viskade kvinnan bedjande.

"Sover barnen?"

"Ja. Jag ville lämna drogerna till polisen", sa hon oroligt.

"Polisen kanske tror att du säljer droger. Ge mig påsen. Jag slänger över den i deras båt. Då blir vi inte skyldiga dem något. Knarklangare har koll på varenda gram."

Båten gungade en aning. Hope förstod att han gick. Den norska kvinnan hade hittat mängder av droger och tagit med sig en påse över till deras båt. Hur dum får en människa bli, tänkte Hope stillsamt. Ögonlocken ville ner, men slogs upp när det blev rusning på båten. Steg som sprang. En kvinna hojtade, barn skrek högt. Hope i sin tur låg stilla. Orkade inte röra sig. Var dåsig av smärtan. På grund av smärtan gick det heller inte att sova.

Höga röster ekade runt hela bryggan. Fortfarande orkade hon inte bry sig. Sirener kom allt närmare. Letande. Lådor och skåp smällde. På grund av det drog Hope seglet över sig. Lådan där hon låg tvingades mannen att öppna. Höga sirener lät någonstans ifrån och kom närmare.

"Vi har inget. Jag lovar er. Det är bara segel här. Titta! Polisen kommer på bryggan och med båtar!" sa norska mannen högt på engelska.

Locket på lådan smällde igen. Hope andades försiktigt in och ut. Hade inga problem mer än det, bara ingen rörde henne.

Efter en evighet tycktes alla ha lugnat ned sig. Från båten jämte norrmännens hördes röster. Singaporianer. Fotsteg närmade sig. Luckan öppnades.

"Vi fick lov av polisen att lämna hamnen. De följer oss ut. Håll dig stilla. Hör du mig? Lever du?" viskade den manliga rösten frågande utanför lådan.

På grund av hans oro vinkade hon med handen.

"Du har räddat mitt liv. Tack", viskade hon.

Luckan stängdes. Något dunsade ner på seglet. Handen kände efter. En mobil. Norrmannens. Varje ansträngning var smärtsam. Tryckte på sifferknapparna innan mobilen slocknade. Båten startades och tog sig sakta ut från hamnen. Röster hördes till henne. Flera gånger slog hon Peters nummer, men hamnade fel. Siffrorna dansade framför synen. Hon blinkade bort suddigheten i ögonen. Försökte igen.

"Mamma, hjälp mig", viskade hon bedjande.

Mödosamt trycktes varje siffra in. En signal gick ut. Ytterligare en. En tredje.

"Vem är du?" rösten på andra sidan lät frågande. Peters underbart trygga röst.

"Peter", viskade hon.

"Vem är du? Det sprakar. Jag hör dig inte."

"Åsa, Hope, Lisa." Hon blandade ihop sina namn.

Fullständig tystnad.

"Var är du? Vems mobil har du?"

"En norrmans. Jag är på en norsk motorbåt. Den har segel också. Båten heter Hopp, som i mitt namn. Vi är på väg ut ur hamnen i Singapore."

"På väg ut ur hamnen? Har du inte kommit längre? Lånade mannen ut sin mobil till dig?"

"Nej, jag ligger gömd i en plastlåda med hål i och med segel över mig. Mobilen ramlade ur hans ficka. Mannen hjälpte mig. Har min familj kommit till Australien?"

"Ja, de är skyddade. Du låter underlig."

"Jag slog i huvudet. Har ont. Norsk båt. Norge. Namn Hopp med två pp. Som i mitt namn Hope."

"Norsk båt. Hopp med två p! Hur ser båten ut?" ropade Peter.

Ljud av steg kom till henne. Genast tog hon bort samtalet. La mobilen ovanpå seglet. Drog seglet närmare sig. Bara sekunder efter gick lådans lock upp. En ficklampa lyste in.

Locket stängdes. Återigen kände hon med handen, ingen mobil. Nu blundade Hope. Vilade. Vågade inte somna. Även om norrmännen var oskyldiga kanske de kriminella fortfarande trodde att de stal påsen med droger i. Med norrmännens fina båt kunde kriminella gömma droger och tvinga familjen att jobba för dem. Efter droghanteringen skulle säkerligen alla ombord bli mördade. Ute till havs var det bästa en brand ombord. Alla försvinner. Enklast. Ingen ser. Ingen hör. Och jag följer med dem i djupet inlåst i en låda, tänkte hon lätt.

Efter ordet inlåst blev hon lite orolig. Dessutom späddes det på, någonstans smällde och lät det, men hon orkade inte vara rädd. Det var en bra bit till internationellt vatten. Många som levde i asiatiska länder var fattiga. Bara tanken på fattiga kurrade magen för varje minut som gick. Hope hade svårt att koncentrera sig. Armen där klockan satt gick upp mot ansiktet. Inget. Svart. Hur hon än tryckte på den var det svart. Då kom hon på svullnaden över vänstra öga. Flyttade sin tunga arm mot höger öga. Endast fyra timmar hade gått sedan hon lade sig i plastlådan.

Letade efter kassen. Förvånat kände hon en bok i sin hand. Den hade hon fått med sig i farten. Hittade en banan och en vattenflaska. Bit för bit på bananen tuggades länge och väl. Varje tag om skruvlocket på flaskan smärtade huvudet. Fick av korken och drack ett par klunkar. Kom på att hon inte hade en möjlighet att gå på toaletten. Med en gång slutade hon att dricka. Om inte huvudet hade värkt så infernaliskt hade hon oroat sig ännu mer. Tankarna gled in på vad Peter hade sagt. Hennes familj hade kommit till

189

Australien och var skyddade. Ett leende av lycka visade sig i hennes ansikte.

I köket stod Hope och lagade mat. Tittade ut i vardagsrummet. Lova satt i deras gula soffa med sin bästis. Noelle hade sina väninnor. Fnittrande kollade de i varandra mobiler medan Noa lekte med grannpojken i swimmingpoolen. När maten var färdig blev barnen inbjudna att äta med dem. Hopes man var därute med barnen. Solen bländade honom, men kärleken genomsyrade henne. Så lycklig. Så underbart. Hon log stort i sin dröm, därefter blev allt svart.

Svetten droppade om henne. Törsten var grym. Vissa solstrålar tog sig in. Ac:en hade slutat fungera. Klockan var mycket. Hon måste åka till jobbet. Fick i panik av sig täcket. Kläderna var våta av svett. Handen slog i något hårt. Hon var inlåst! Paniken att vara inlåst gjorde att hon glömde sig. Med knytnäven bankade hon ovanför. För varje slag smärtade huvudet och hon stönade högt. Lådan öppnades en aning.

"Håll tyst! Jag har kört hela natten. Risken finns att tullen bordar oss. Ligg lågt", väste mannen.

"Var är jag? Är jag fången?"

"Nej, vi gömde dig. Kommer du inte ihåg?"

"Nej. Mitt huvud värker. Jag måste kissa. Är mina barn här?"

"Nej. Din fästman hade slagit dig. Jag gömde dig för min fru. Det finns en ö längre bort. Kan du simma dit?"

"Simma? I Strömt vatten? Mängder av rovfiskar och sjöborrar? Med min huvudvärk. Åh, mina barn. Snälla du, hjälp mig." Rösten darrade märkbart.

"Vem pratade du med?" frågade en kvinnlig röst.

Spänt lyssnade Hope i sin låda. All norska förstod hon
inte.

"Jag muttrade för mig själv. Tycker du att vi ska segla till
ön där borta och lägga till?"

"Verkligen inte! Vi är fortfarande mellan Indonesien och
Malaysia. Galningarna ska vi lägga bakom oss så fort som
möjligt. Jag skulle till toaletten och tog fel dörr. Den var inte
låst. Såg du inte alla droger? Det var travar av stora påsar.
Vi måste komma bort härifrån så fort det går. Säkert har de
snabba motorbåtar på andra ställen. Den bästa möjligheten
är att försvinna under natten. Gå och lägg dig. Sov några
timmar. Jag tar över."

Hope knep ihop för att inte kissa på sig.

"Jag har något att berätta för dig", sa mannen lågt.

"Ja?"

"Jag vill ha sex med dig", sa han plötsligt.

"Nu? Du är inte klok! Vad är det som luktar? Ungar!"
skrek hon och stampade i väg.

Genast öppnades locket till lådan och Hope fick hjälp att
komma ur den. Hon mer eller mindre hängde på honom.

"Håll dig där. Här har du en kaffemugg. Kissa i den. Ta
servetten."

Tog muggen. Höll sig överallt. Satte sig bakom förarhyt-
ten. Fick med svårighet ned byxorna. Satte sig och kissade.
Visste inte om hon träffade muggen, men den blev full och
rann över. Drog omständligt på sig byxorna. Kunde inte
hålla balansen av båtens rörelse. Råkade putta till muggen.
Innehållet rann över fötterna och ut på båten.

"Hallå! Muggen välte på mina fötter och över durken",
viskade hon sorgset till mannen.

Skyndsamt tog han en hink med ett snöre och slängde ned den i vattnet. Plockade upp muggen och ställde den vid sidan. Fick upp hinken. Slängde vattnet på durken och över hennes fötter. Ställde ifrån sig hinken och pekade mot lådan.

"Kan jag få lite vatten?"

Snabbt ordnade han vatten i ett glas. Hon fick dricka ur den med en gång.

"Jag ska ordna något mer till dig. Vad sa du?" ropade han och böjde sig ned. "Min fru är på väg. Lägg dig i lådan."

Långsamt kom hon ner i lådan och kravlade sig under det otympliga seglet. Först nu kom hon på att hon inte kunde sträcka ut sina ben. I sista sekund fick hon ned locket. Ett mummel hördes till henne. Frun kom ut.

"Fleming, du har glömt din kaffemugg härute. Jag ska fixa kaffe till dig."

Nu blev det tyst. Oroligt undrade hon varför han var tveksam. Givetvis förstod hon hans rädsla. Alla på båten åkte dit om mannen råkade försäga sig. Vilken sits hon hade satt dem i. Tårar var på väg upp i ögonen, men helvetet av smärta gjorde att tårarna försvann direkt. En sak förstod hon. I den vita plastlådan med seglet kommer tull och polis att titta i först. Hon förstod varför mannen ville segla till närmaste ö. Återigen grävde hon i sin väska. Nästa frukt var återigen en banan. Samma procedur som tidigare gjordes om. Värmen fångade henne, hon sjönk ner i en dvala. Timmarna gick. En lätt knackning lät ekande högt.

"Behöver du gå på toaletten?"

"Nej."

"Hör du mig? Hallå?"

Mannen lät vettskrämd.

"Ja."

"Min fru nattar barnen. Här har du en termos med kaffe. Skruva av locket då får du en mugg. Jag har gjort smörgåsar till dig. Ät. Drick. Här är en värktablett. Jag kommer tillbaka." Han kände på hennes våta kalla panna. "Du måste dricka mer. Jag hämtar vatten till dig. Senare. Jag ställer upp locket lite. Kommer min fru måste du dra ner den."

Nattens vindar smekte hennes ansikte. Genast svalde hon värktabletten med lite vatten. Skruvade av locket på termosen. Sedan kom svårigheterna. Hälla upp kaffe i ett trångt utrymme var ett helvete. Skruvade tillbaka muggen. Tog smörgåsarna la dessa i kassen samt termos. Drog i seglet. Satte sig halvvägs upp. Hittade något tjockt och tryckte in under rygg och huvud. Allt tog sin tid. Efter all ansträngning värkte huvudet ännu mer. Vilade. Med tanke på kaffe och smörgås vattnades det i munnen. Nu gjorde hon om samma procedur. Njutningsfullt svalde hon första klunken. Aldrig hade en mugg kaffe smakat så himmelskt gott. Tuggade försiktigt på smörgåsen och drack ytterligare en klunk. Varje tugga gjorde ont i huvudet. Trots det droppade en tår av njutning ned för kinden. Den ena smörgåsen var uppäten. Denna gång väntade hon en stund. Hällde upp ytterligare kaffe och åt nästa smörgås. Magen började kännas oroväckande och tarmarna talade högt. Försiktigt fick hon av sig seglet. Putte upp locket. Smög in till mannen som hoppade högt. Med sig hade hon termosen och sin tomma vattenflaska.

"Jag behöver gå på toaletten. Det andra", viskade hon.

"Min fru har inte somnat än."

"Jag måste", viskade hon ömkligt.

Mannen böjde sig ned och fick upp en plastpåse plus papper. Nöden hade ingen lag. Vatten hämtades upp nerifrån, som han gav till Hope. Skyndsamt gömde hon sig bakom den vita plastlådan. Efteråt slängdes plastpåsen överbord. Tvål och handduk räcktes över till henne. Händerna tvättades noggrant, efteråt tvättades ansiktet. Fick av sig blus och behå, slängde vatten över sig, under brösten, runt hals och nacke samt armhålor. Torkade sig med handduken. Bara att hon höll huvudet högt upp och med hjälp av värktablett gick det. Bara att få borstat tänderna var det bästa. Tungan kände runt. Rent. Hon sträckte lyckligt på sig. Luften var underbart ljummen. Smög in med tomflaskan, fick den tillbaka full.

"Tack för allt", viskade hon vänligt.

"Du har barn", nämnde han och hängde ut från förarhytten.

"Ja, två döttrar och en son. De är med mina föräldrar. Min man dog och jag blev ensam med barnen. Träffade min fästman. Jag ville inte gå ombord på den där båten, jag ville hem till barnen. Det var då han slog mig", sa hon dramatiskt och tog sig för pannan. "Jag gömde mig på er båt. Tack vare dig får mina barn ha kvar sin enda förälder. Tusen tack. Du har räddat mitt liv."

"Jag var rädd, men det kändes väldigt bra att jag hjälpte dig."

"Hur länge har vi seglat?"

"Tredje natten."

Vantroget stirrade hon på honom.

"Jag minns bara första natten."

"Igår natt öppnade jag locket för dig. Jag matade dig med gröt. Du fick dricka också. Du mådde inte bra."

"Har jag tappat bort ett dygn?"

"Nästan två."

Hopes öga blev större och hon andades häftigare.

"En flicka står bakom dig", viskade hon.

"Mamma! Pappa pratar med en tant", ropade den lilla flickan högt.

Mannen vände sig till sin dotter. Genast smög Hope tillbaka till den vita plastlådan. Innan hon fick stängt locket blev det en hög diskussion som ekade över vattnet. Tunga steg gick förbi lådan. Hur hon än gjorde fick Hope inte seglet över sig. Kvinnan pratade med sin dotter.

"Ser du. Det finns ingen här. Det är natt. Pappa lyssnar på musik och sjunger högt. Du måste ha drömt." Rösterna försvann bort.

Stilla låg Hope kvar i samma ställning. Locket öppnades.

"Min familj sover nu. Låt locket vara öppet. Du får frisk luft. Rör på dig om du orkar. Gå fram och tillbaka här. Smyg. Steg ekar in i båten. Min fru seglar när det ljusnar. Jag tar vid efter några timmas sömn. Gå inte upp då är du snäll."

"Vi hade i alla fall tur med vädret", sa hon i ett försök att skämta.

"Vi har kommit ut från öarna och befinner oss ute på Indiska Oceanen."

Det tog på krafterna att ta sig upp från lådan igen. Benen värkte av att ligga hopkrupen. Sakta gick hon fram och tillbaka. Sträckte på sig. Stretchade vader och lår. Orkade inte mer på grund av värken. Svimfärdig lade hon sig i lådan igen och lät fötterna hänga utanför. Blicken gick upp på himlen. Vackra stjärnor i olika storlekar visade sig. Enligt norrmannen hade inte en enda båt passerat dem. Vinden blåste åt rätt håll hade han berättat. För varje timma som gick från Singapore var hon djupt tacksam för. Vaknade till och från. Tappade tiden. Kände sig viktlös. Sömnen blev allt djupare.

"Peter", viskade hon. "Peter. När kommer du? Jag orkar inte."

"Jag är här. Du får dropp. Läkaren har undersökt dig. Sov. Du är räddad."

"Räddad", viskade hon.

Med ett välbefinnande somnade hon om och sov djupt. Vaknade. Stirrade upp på locket. Förvånat tittade hon på ett konstigt tak. Vände sig försiktigt. Peter satt i en fåtölj. Ett stort leende visade sig på hennes läppar. Vilken underbar dröm, tänkte hon och somnade om. Nästa gång hon vaknade satt Robin där. Hon log mot honom också. Återigen somnade hon och vaknade. Då var Maria där med sitt vackra leende. Hope somnade med ett leende. Nästa gång hon vaknade kände hon sig lite piggare.

"Åsa, Lisa, Hope har hallucinationer", viskade Hope och log lyckligt.

"Du har inte hallucinationer. Vet du var du är?" frågade Peter.

"Det spelar ingen roll. Du är här", sa hon och log. Plötsligt fnittrade hon till. "Jag drömmer om dig, Maria och Robin."

"Du drömmer inte. Jag är här, men inte Maria eller Robin. Båda klarade sig, de åkte först till Australien. Satt i långa möten och lämnade dessutom vittnesmål. För några timmar sedan landade de i Sverige. Du var på den norska båten i sammanlagt fem dagar och var riktigt dålig. Antagligen en liten blödning bakom pannan. Läkaren sa att blödningen hade gått tillbaka. Det värsta var uttorkningen. Du var riktigt illa däran. Vad var det som hände? Norrmannen sa att han fick tvinga i dig vatten och mat."

"Lägenheten i Singapore räddade Robin mitt liv. Jag flydde på en motorcykel som han hade ställt på andra sidan huset." Här berättade hon vad som hade hänt henne och avslutade med att hon sprang in i en vägg. "Det var inte så farligt, men det hängde en järnklump ut från väggen. Pang sa det bara." Hon fnissade igen och smekte honom på kinden. "Du är blek, Peter. Du ser trött ut."

"Jag var mest orolig för dig. Du är på ett stort hangarfartyg. Tack och lov för mobilen du ringde ifrån, men främst ett stort tack till mannen som räddade ditt liv. Först hade han tänkt lämna dig på ett sjukhus någonstans, men han vågade inte. De ville bort från området så fort som möjligt. När han såg hangarfartyget med australienska flaggan hörde han av sig till oss. Frun blev skräckslagen när vi kom. Pladdrade som tusan på sitt hemspråk."

"Är de fortfarande ute och seglar?"

"Det tror jag inte. Mannen nämnde något om att sälja båten och flyga hem till Norge. Bra att du var observant. Norrmannen hälsade och önskade dig lycka till. Han kallade dig Lisa."

"Vad sa hans fru när ni hämtade mig? Vi lyckades hålla mig gömd."

"Hon såg dig, men jag tror inte att hon förstod just då. Kaptenen på hangarfartyget räknade ut på ett ungefär var ni kunde befinna er. Havet är stort. I armbandsklockan du fick av mig fanns en sökare. Med mobilen och klockans hjälp hittade vi dig, men det tog längre tid ute på havet. Du sov tungt. Vi skulle få över dig i helikoptern. Du vaknade en enda gång. Tittade på mig och log."

Då återberättade hon historien om varför hon inte kunde ta sig till en större polisstation eller vågade ta in på ett hotell. Berättade vidare om norrmännens rädsla för repressalier och att de fick hjälp av polisen ut från hamnen innan de stängde ner den. När hon inte orkade berätta mer fyllde Peter i vad norrmannen hade sagt och vad singaporianska polisen hade förmedlat till dem.

"Meddelande hade gått ut till poliser i grannländerna. Tack vare polisen i Singapore klarade ni er från repressalier. Den amerikanska båten blev beslagtagen. När båten kom till Singapore hittades inget. Polisen berättade att drogerna hade legat i botten på båten."

"Jag såg framför mig att den norska båten blev sprängd av kriminella. Ingen överlevande. Jag hade utplånats för alltid och ingen visste var jag fanns."

"Jag blev skräckslagen när du ringde."

"Jag var instängd i en liten låda. Svetten droppade konstant. Jag åt och drack väldigt lite. Var yr och mådde dåligt. Huvudet och ögat värkte kontinuerligt."

"Dina njurar klarade sig. Du ska ligga kvar en vecka för observation. Jag hämtar dig senare och kör dig till din familj. De hålls gömda."

"Norrmannen hade då och då matat mig berättade han. Kanske var det därför njurarna klarade sig. Fick ni tag i Daniel och hans fru?"

"Ja. När dina barn och föräldrar lämnade Singapore tog Daniel och hans fru ett senare plan. Jag har aldrig sett ett par vara så otroligt säkra på sig själva. Direkt när de landade tog vi dem. Nu sitter de i förvar på olika ställen. En stor hemlighet."

"Sitter han i fängelse?"

"Ja. Tyvärr har Australien bara småsaker på dem." Peter log. "Viktiga bevis måste samlas ihop. Varje kriminell person måste kopplas till ligan. Det är oerhört viktigt att allt blir rätt."

Ett stort leende visade sig i hennes ansikte. Hon riktigt gottade sig i att Daniel förhoppningsvis hade det för jävligt.

"Åh, Blondie, du tror att du är allsmäktig. Du vackra man, jag skulle vilja se på när internerna krossar dina knäskålar."

Ett lyckligt rått skratt kom från henne. Peter tittade chockad på henne, men vände sig om i fåtöljen. Ljud kom från honom.

"Du säger de mest oväntade sakerna."

"Jag stannar bara här ett par dagar. Var är mitt pass? Jag vill träffa mina barn."

"Jag har ditt pass. Så få som möjligt får veta ditt namn. Du måste vila huvudet och få mer kraft."

Något rörde sig mellan benen vid underlivet och hon kände förbryllat efter.

"Vad har jag mellan benen? Är det en orm? Kan du titta?" skrek hon högt.

"Nej, jag tittar inte mellan dina ben. Du har en kateter. En vecka till, Hope. Ha hopp. Ha tålamod." När han sa orden glittrade det till i hans ögon. "Vila dig. Åker du nu skrämmer du slag på din familj."

"Jaså, det är en kateter. Det borde jag ha förstått. Jag har hopp, Peter. I vilket land och vilken stad befinner vi oss i?" frågade hon plötsligt.

"Hemma", svarade han lugnt och gick ifrån henne.

"Hemma? Jag har inget hem", viskade hon efter honom.

Varje gång hon fick talat med läkaren och sjuksköterskorna ville hon skriva ut sig. En dag kom en äldre man på besök. Tårar droppade ned för kinderna.

"Pappa. Älskade pappa, tack för allt. Jag hann inte ta adjö av dig hemma", viskade hon och grät ännu mer.

Gråten ville inte ta slut. Huvudet värkte allt värre. I pappas trygga famn grät hon högt, även han grät. På grund av att hennes starka pappa grät snyftade hon högt och fick knappt till sig andningen. Mer mindes hon inte. Senare fick hon reda på att ett lugnande medel hade gjort sin verkan. Hon behövde lugn och ro för tillfrisknandet. Blicken gick till pappa som satt och sov i fåtöljen. Varje gång hon rörde sig var han där och klappade om henne. Fortfarande hade hon inte träffat sina barn eller sin mamma. Det var för farligt. Inga foton, hade pappa sagt. Hon förstod. Ligan. Octopus.

"Nu vet jag var jag är, pappa", viskade hon konspirato-
riskt. "Jag är på en militärförläggning. En del har uniform
på sig. Ibland låter det konstigt i rummet. Fattar du att jag
har en kateter?"

Han blinkade för varje mening som forsade ur henne.

"Du har legat här i fyra dagar. Det stämmer att du har
kateter och droppställningen. Vila dig. Om ett par dagar får
du hjälp till toaletten. Vet du inte var du är?" Hon glömde
sig och skakade på sitt huvud. Stönade till. "Du är på ett
stort hangarfartyg. Flyg och helikoptrar landar på fartyget.
Det är som en mindre stad." Häpet tittade hon på honom.
"När du är tillräckligt stark flyttas du. Dina muskler behö-
ver tränas upp igen."

"Naturligtvis ska jag träna. Menade du innan jag åker
härifrån?" Han nickade. "Då måste jag börja med en gång.
Har du hört om Daniel?" flinade hon rått.

Då log hennes pappa djupt.

"Han är som ett djur i bur har jag hört. Skriker om advo-
kater. De försöker få ut honom från fängelset. Det bästa är
att han redan har blivit överfallen."

"Då flyttar de på honom."

"Vad jag hörde sitter han nu i en säkerhetsbunker. Ensam
i en cell. Var någonstans vet jag inte. Som du vet har alla
människor rättigheter. Vissa kan köpa sig rättigheter i fäng-
elset. Daniels och hans frus pengar samt egendomen i Sing-
apore är konfiskerade. Polisen där är tuffa. Utan dom i rät-
ten blev Daniel utvisad för livstid. Sätter han sin fot i
Singapore tar de honom, där väntar fängelset för resten av
hans liv. Frun och han var gifta, han hade som du vet för-
falskat uppgifterna. Med andra ord är han en bigamist. Han

hade ljugit om det i fem år. Inget uppehållstillstånd, så hette det." Nu skrattade hennes pappa högt. "Pengar har han tydligen gott om. I Singapore ifrågasatte polisen varifrån han fick sina pengar. Det sa advokaten. Vakterna hade berättat för polisen att vissa interner gav honom pengar."

"Han driver in. Givetvis har han pengar i flertalet länder. Kvinnan? Hans iskalla fru?" frågade Hope med intresse.

"Jag hoppas att kvinnan brinner i helvetet. Lova berättade för oss att de fick inte synas eller höras. Ett par rum på sidan av huset var barnens. Köket fick de bara vara i korta stunder. När kvinnan var hemma fick de inte ens vara i närheten av poolen. En gång hade vår lille Noa hoppat i och plaskat runt när Daniel och kvinnan satt på altanen. Lova sprang dit och var på väg att fiska upp honom, men då såg hon att kvinnan nickade till Daniel som reste sig. Flickorna fick ordentligt med stryk med Daniels livrem. Noa tvingades titta på. Enligt Lova har kvinnan en sadistisk läggning. De särskilde på Noa och dina flickor, men Lova hade det värst."

Tårar droppade ned i en farlig fart på Hope som återigen snyftade till.

"Vilket fängelse sitter hon i?" rösten darrade.

"Ditt. Peter var med oss hela vägen från Australien till Singapore och när vi hämtade barnen. Tillsammans åkte vi alla tillbaka till Australien. Det var han som såg till att vi kom hem till Eve. Vi har honom att tacka för mycket. Peter köpte en ny kontantmobil till dig. Numret har jag. Den ligger på bordet", berättade hennes pappa allvarligt och pekade. "Lär dig mitt nummer utantill. Jag kommer använda min speciella mobil när jag ser ditt nummer."

"Tack för allt. Utan dig och mamma hade det aldrig gått. Ingen av oss hade överlevt. Berätta om barnen. Hur fick ni med dem till Australien?"

Då droppade tårar snabbt ned för hans kinder. Han snörvlade till.

"Först fick vi inte ta med oss barnen. Nästa dag skrev tidningarna om dem, advokat och polis var med. Polisen hade omringat huset, de ringde på. Barnen fick komma till ytterdörren. Lova såg oss, skrek mormor och morfar. Grät hysteriskt högt. Mitt hjärta brast. Barnen slängde sig i våra armar. Efter fem år! Mamma och jag blev så lycklig. Noa mindes oss inte, men han gjorde som sina systrar. Polisen gick med barnen in i huset. De fick packa nödvändiga kläder och saker. Resan till Australien gick riktigt bra. Jag lovar dig, de vill inte åka tillbaka. Advokater arbetar för att barnen inte ska behöva träffa sin pappa igen. Lova frågade en sak. Var det min nya lärarinna som gjorde att ni kom. Jag var säker på att du hade sagt något och svarade ja. Då grät hon lika högt igen. Frågade du om hennes släkt kom och vad hon önskade sig då?"

"Ja, vi viskade till varandra. Redan på första träffen sa hon mamma till mig. Lova förstod. I min tur förstod jag på hennes sätt att det fanns stora problem. Hon skrev en lapp till mig. Det stod: Hjälp mig och mina syskon."

"Ni två är väldigt lika varandra. Ni gav varandra ledtrådar." Då nickade Hope.

Ögonen lyste på henne när pappa berättade om barnen. De hade också berättat för barnbarnen vad som hände efter den stora resan och varför deras mamma hade hamnat i fängelset, sedan vad som hände där. Graven besöktes. De fick lägga blommor. Tillsammans stod de ihop och grät. Tidningarna hade skrivit om detta och tog foton på avstånd. Tevebolagen hade också varit där. Stora rubriker stod om Daniel och hans singaporianska fru. Guidade besök hade gjorts på olika ställen. Så fort det där samtalet kom förflyttades familjen omedelbart till ett nytt gömställe. Under förflyttningen berättade de mycket för barnen.

Om pappan och hans liv. Vad han och Viktoria hade gjort mot deras mamma. Båda hade satt henne i fängelset. Inget hemlighölls. Allt hade berättats i saklig ton. Barnen ställde mängder av frågor. Inte en enda gång frågade de efter sin pappa.

"Innan jag åkte till dig berättade mamma och jag för barnen att en stor överraskning skulle komma senare."

Familjen befann sig på en hemlig ort hos en person som Hope kände väl. Den här personen levde på en farm. Hade ett eget hus en bit bort från huvudgården där ett av hennes barn bodde. Tårar steg i Hopes ögon. Hon visste vem det var. Eve, en fin människa och tidigare cellkamrat. När pappa lämnade henne blev det tomt. Ensamt. Ett plan skulle flyga honom till fastlandet. En sak hade hon märkt. Pappa var märkbart tagen av alla händelser, men hon förstod också på honom att hennes skada hade påverkat honom hårt.

Nästa morgon ringde Hope på klockan.

"Ta bort katetern. Jag ska träna."

Inget hjälpte vad personalen sa. Nya prover togs. Läkaren kom och samtalade med Hope, efter samtalet fick hon klartecken att träna med stor försiktighet. Utan hjälp och större ansträngning satte hon i gång med de enklaste rörelserna. Satte sig upp och lade sig ned. Drack mycket vatten. Gjorde om samma procedur. Lade sig i sängen och lyfte ena benet, gjorde likadant med nästa, därefter överkroppen. Vilade. Ringde på hjälp och fick en enda stillsam promenad runt rummet. Benen skakade. Ingen huvudvärk. Två vårdare hjälpte henne till toaletten. Hope ville inte, men visste att hon var tvungen.

Barn, snart kommer mamma, tänkte hon med en stor lycka inom sig.

Fyra dagar efter hennes pappa hade åkt kom ett samtal tidigt på morgonen, vilket renderade i en dusch och byte av kläder. Längst ut på håret var hårfärgen röd, för övrigt hade hon fått tillbaka sitt blonda hår.

Det knackade på dörren. Häpet tittade hon på den uniformerade mannen.

"Du var allt stilig", sa hon och log med hela ansiktet.

I mannens allvarliga ansikte visade sig ett leende. Ett paket lämnades över.

"Jag har haft paketet inlåst. Du blir hämtad om tjugo minuter. Var klar då."

Skyndsamt öppnade hon paketet. Fula tantkläder i ett par större storlekar och en mörkblå hatt låg i paketet. Men också något uppblåsbart. Tantskor ramlade ner på golvet. När hon tittade upp stod Peter i en vit uniform framför henne och log stort. Med stora ögon tittade hon på den stiliga mannen.

"Du gillar dina nya kläder ser jag", sa han skrattande.

"Du är riktigt snygg. Stilig australiensare. Vad är det här för plastigt?"

"Ta av dig dina kläder förutom t-shirt och trosor. Du ska ta på dig den här svettprylen. Man knäpper framtill. Jag ska blåsa upp den till rätt storlek, efter det kan du ta på dig dina fina kläder. Amiralen blev glad över sin gamla mammas korta besök", blinkade Peter med sitt öga.

Genast slängde hon av sig sjukhuskläderna och fick hjälp att dra på sig plastgrejen. Han knäppte den och drog i en liten pump som hängde under bröstet. Hope växte till ett par storlekar större. De nya kläderna togs på. Hatten trycktes försiktigt ned på huvudet. Bulan hade minskat i omfång, men ömmade fortfarande. Svullnaden runt ögat hade minskat betydligt, blåmärken var kvar runtom.

"Du får ta på mig skorna. Jag kan inte böja mig ned."

"Hur känns det?" frågade Peter och log stort.

"Vad tror du? Svettig. Fet. Oböjlig." Hon blev förfärad över sina tykna ord. "Förlåt, snälla du. Jag är väldigt nervös."

"Gå som en äldre person. Luta dig framåt. Nej, inte med hela kroppen. Kuta med ryggen. Här är käppen."

Irriterat slet hon till sig käppen och gick efter honom. Amiralen lät sin mamma ta hans arm. Tillsammans gick de till bryggan. Hjälpte modern in i helikoptern. Hope böjde sig fram.

"Hälsa och tacka din personal. Jag är ytterst tacksam. Och du, du är jäkligt snygg", viskade hon i hans öra.

Just nu ville Hope vara vänlig mot alla. Lyckan hade inga gränser. Snart skulle hon få träffa sina barn. Mannen backade, log och gjorde en honnörshälsning. Gick därifrån. Helikoptern startade. Med nyfikenhet följde Hope varje steg. Peter satt jämte henne. Utsikten från helikoptern var enastående. I sitt nästa liv skulle hon bli helikopterförare. Ett strålande leende visade sig, men hon kom på sig och böjde ned huvudet. Efter en evighet landade helikoptern.

Två bilar kom körandes och parkerade vid helikoptern. Peter hjälpte Hope till ena bilen. Båda bilarna startade och åkte åt var sitt håll. Ett tonat fönster var placerat mellan fram och baksätet. Precis som på en actionfilm.

"Här!" En påse sträcktes fram. "Byt om."

"Vad är det?" frågade hon häpet och tittade på ett blått tyg.

"En klänning. Du vill vara fin när du träffar barnen. Skynda dig."

Drog av sig tantskorna. Fick med Peters hjälp av kläderna. På den uppblåsta plastgrejen drogs proppen ur. Även den fick hon hjälp med.

"Allt ska av." Hon pekade på sina kläder. Tittade på mannen jämte dem och sedan på fönstret. Kinderna blev rosa. "Jag hjälper dig", sa Peter artigt.

Klänningen fick hon över huvudet. Reste sig i kurvan. Rasade rätt på Peter som snabbt fick ned klänningen mot låren. En åtsittande klänning med stretchigt tyg. Häpet tittade hon på sig själv och kände sig vacker.

"Sätt på dig säkerhetsbältet. Vi blandar oss med trafiken. Strax ska vi åka in i ett parkeringshus. En bil väntar på oss där."

Bilen gjorde en tvär sväng. Körde tillbaka ett par kvarter. Svängde återigen denna gång direkt in i ett garage.

"Kom med mig."

Båda gick ut ur bilen. Peter höll hennes tygpåse från Åhléns. Barfota gick hon efter honom. Kom fram till en svart bil. I framsätet låg en påse på sätet. Den flyttade hon på. Säkerhetsbälten sattes på.

"I påse finns en peruk med långt svart hår och en keps. Ta på dig den. Gick du barfota?"

"Jag hade tofflor på mig i Singapores småbåtshamn." Hon rotade runt i sin tygkassen. "Jag minns inte var jag lade dem."

Peter kollade igenom bilen. De körde ut från garaget. Bytte fil flera gånger. Under tiden tog hon på sig peruk, glasögon och keps som fanns i påsen. Under en halvtimma körde Peter kors och tvärs. Vissa tillfällen bad han henne sätta sig på golvet och andra gånger på sätet. Ofta sa han till när hon skulle böja på huvudet. Hon slängde en blick på klockan och plockade upp en värktablett. Bilen parkerades framför en affär. Peter frågade efter storleken på fötterna. Kom ut från affären och slängde över påsen till henne. Eleganta vita ballerinaskor i läder och ett par flip flop. Ögonen tindrade av tacksamhet och för omtanken. Direkt utanför gränsen till Sydney svängde han av och parkerade bilen. Tillsammans gick de till nästa bil som stod parkerad fem minuters promenadväg bort. Modellen på bilen var äldre. Peter körde lugnt därifrån. I tysthet satt de. Hope drog bak sätet och somnade genast. Vaknade när han stängde av bilen. De stannade för middag.

"Vi ska åka till Dorrigo. Från Sydney räknat runt femhundrafemtio kilometer och sex timmars bilkörning. På grund av småvägar tar det längre tid. Två hundra av dem är avklarade. Orkar du åka i en timma till?"

"Dorrigo", sa hon och rullade på ärren. "Roligt namn. Du räknade om till kilometer. Jag orkar och kan vila mig, men det är du som kör. Du ser trött ut."

"Har sovit för lite. Jag bokade en natt på ett litet motell. Vi behöver sova. Då kommer vi fram till din familj på förmiddagen."

Resan fortsatte mot motellet. Varje ort och ställe de åkte förbi läste hon namnen på skyltarna. Så annorlunda mot Sverige.

"Jag är nervös. När kan jag ringa pappa och meddela att vi kommer?"

"Ring innan vi går från hotellet i morgon. Jag köper frukost, vi äter den i bilen. Dina barn har bara ett par timmar på sig att förstå att du verkligen lever. Jag tyckte inte ..." Han avbröt sig och harklade ett par gånger.

"Det är lugnt, Peter. Du tänkte helt rätt. Jag förstår."

En timma från Dorrigo körde Peter in mot en mindre ort. Det hade mörknat. På en sidogata under ett skuggande träd parkerades bilen. Innan de gick ut kikade Hope först ner på marken och sedan upp i trädet, inga ormar. Hon väntade vid sidan om tills Peter kom tillbaka med en nyckel.

När de gick in i rummet tog Peter ett par stora kliv, slängde sig på sängen och somnade direkt. Skorna hade han på sig. Hope tog av dem. Höga snarkningar mullrade ut i rummet. Med tårar i ögonen tittade hon på mannen som hade hjälpt henne med praktiskt taget allt. En man som ville få henne att känna sig trygg. Som hade hjälpt henne och hennes familj. Även om han var polis och hon en dag skulle vittna hade hon haft turen att träffa den mest fantastiska mannen. Kläderna i tygryggsäcken hade blivit tvättade.

Den hade Peter haft i en större plastpåse när de lämnade båten. Hon bytte om och fick på sig ett linne. Lade sig i sin del av sängen och tittade upp i taket. Tänkte på barnen. Blinkade ett par gånger och kom på att hon hade sovit. Det hade ljusnat ute.

Skyndsamt gick hon in på toaletten. Duschade. Ut igen. Peter låg inte i sängen. Drog snabbt på sig sin blåa klänning. Tygkassen låg där den skulle. Skakade sina ballerinaskor. Inga spindlar. Steg utifrån hördes in. Sakta smög hon till dörren. Tog en stol och ställde sig bakom dörren. Hon var beredd.

En man kom in och stängde dörren om sig. Hope höjde stolen, men ställde ned den.

"Vad gör du?" frågade Peter och hoppade undan.

"Jag flyttade bara på stolen. Varför väckte du mig inte?"

"Du behövde sova. Klockan är elva. Har du borstat tänderna? Varit på toaletten? Huvudet hänger med? Bra. Då åker vi."

Båda drog på sig var sin keps och gick till bilen.

"Jag sov länge. Var har du frukosten? Jag är hungrig."

"I bilen."

Bilfärden fortsatte i tio minuter. Peter svängde av och körde i några minuter. Parkerade på ett vackert ställe med utsikt. De åt sin frukost i stillhet.

"Hur mår du?"

"Illa. Kroppen darrar."

"Nervös för att träffa dina barn?"

"Jättenervös. Kan jag ringa till pappa nu?"

"Ja. Jag går dit bort." Han pekade på ett par buskar.

Från bilen såg hon hur han hoppade bort från buskarna.

”Vad gjorde du?” frågade hon nyfiket när han kom till-
baka.

”En orm hoppade mot mig. Har du ringt?”

”En orm hoppade mot dig? Jag kommer aldrig att kissa
ute.” Hon rös till. ”Pappa skulle berätta för barnen. Fattar
du att jag har varit utan dem i fem år”, viskade hon sorgset.

”Fruktansvärt.”

”Jag hade kunnat ta fängelse om jag var tvungen, bara
om mina barn hade varit lyckliga. Pappa berättade att de
hade haft det jobbigt. Jag trodde att Daniel älskade sina
barn. Efter ett tag i fängelset blev jag osäker. Senare kom en
känsla för att stanna, han älskade inte sina barn.”

”Ett är säkert, han använde barnen för att pressa dig.”

”Hur har jag kunnat undgå hans sätt? En typisk narcis-
sist gör som han har betett sig. Tänk om någon av mina barn
blir som honom.”

”Du uppfostrade dina barn med all din kärlek. Din man
var sällan hemma.”

Genast ljusnade hennes blick. Peter svängde ut och körde
till den stora vägen. Efter en halvtimma läste hon på en
skylt, Old Bar. Hon fnissade till och pekade.

”Du kan ta av dig peruken. Synd att det är vägtullar
överallt. I mitt yrke är det bra med kameror på många plat-
ser, men inte nu. Jag stannar bara över natten.”

En timma senare var de på väg till Eve. Andäktigt följde
hon varje scen utanför. Under fyrtio minuter hade de åkt ute
på landet och på mindre vägar. När de svängde in på en
ännu mindre väg tutade Peter ett antal gånger.

”Hur ser jag ut? Tror du att barnen blir rädda för mig.”

"De kommer att älska dig. Dina barn har berättat om den genomfina lärarinnan Hope. På något sätt påminde hon om deras mamma. Just dessa ord sa flickorna."

"Tack Peter. Ett stort, stort tack för allt. Det hade aldrig gått utan din hjälp."

Tårar steg i ögonen när hon såg dem på avstånd. Hon gick ur bilen. Sex personer kom gående mot henne. Barnen, föräldrarna och Eve. Känslomässigt satte hon händerna i ansiktet och andades djupt. I nästa ögonblick slog hon ut armarna och vrålade ut sin glädje. Gick mot barnen. Då först började de springa mot henne.

"Lova! Noelle och min lille Noa! Mina barn! Mina barn!" skrek hon.

"Mamma, jag visste att det var du i Singapore! Jag visste att du skulle rädda oss!" skrek Lova högt.

De slängde sig i varandras famn. Alla fyra grät högljutt. Noa snyftade värre än värst.

"Förlåt mamma, jag kände inte igen dig."

Då kramade hon om honom länge.

"Du var liten när din pappa tog dig ifrån mig. Vi ska lära känna varandra igen. Den här mamman, din riktiga mamma behöver kramar hela tiden från sina barn."

"Du är röd i håret och har massa färger runt ögat", fnissade Noa och tog sig för sitt ena öga.

"Jag sprang på en vägg. Det gjorde jätteont", fnissade hon tillbaka.

Återigen pratade de i mun på varandra tills de lugnat sig en aning. Hope tittade länge på dem. Tårar droppade nedför kinderna av lycka.

"Mamma, jag såg dig första dagen från fönstret i skolan och kände igen dig direkt. Kärleken strömmade ut från dig. Först blev jag chockad och undrade vem du var. När vi hälsade skakade du försiktigt på ditt huvud. Jag förstod verkligen, mamma", viskade Lova, hennes ögon glittrade av lycka.

"Jag märkte det. Väldigt bra gjort, Lova."

Därefter fick föräldrar och Eve en lång och hård kram.

"Du är svart under ögonen och är väldigt blek. Nu måste du återhämta dig", viskade Siv oroligt till henne.

"Tack för allt, mamma. Tack. Nu kommer jag att bli bättre. Det lovar jag dig."

De stod stilla en stund och höll hårt om varandra. Hon vände sig om och gick till Peter. Kramade honom lika länge.

"Vad heter du egentligen, mamma?" frågade Noelle artigt. "Jag tycker om att säga mamma", viskade hon. Hennes lilla ansikte såg vackert ut.

"Mitt första jag hette Åsa. Idag heter jag Hope som i hopp. Jag hoppas att jag får behålla mitt nya namn och vill att ni ska få samma efternamn, Jones."

"Vi tyckte om fröken Jones i skolan. Mamma, för din skull har vi pratat svenska med varandra i alla år."

Eve hade en swimmingpool. Både Noelle och Noa ville visa Hope hur duktiga de var i vattnet. Under tiden de simmade runt stod Lova och Hope och höll om varandra. Flera gånger hade Hope pussat hennes kinder och fått pussar tillbaka. Båda grät till och från.

"Jag kan inte sluta att pussa dig, Lova. Till kvällen ska jag natta er. Kommer du ihåg, Noelle?"

"Du läste alltid sagor. Det minns jag, men nu är jag för gammal. Snart tonåring. Men du får gärna läsa en saga för mig. Jag har saknat din röst och dina kramar. Du kramades alltid. Eve sa att vi ska sova i samma säng för tryggheten."

"Bra tänkt av Eve. Henne ska vi vara rädda om."

"Morfar berättade att Eve räddade ditt liv."

"Ja, flera gånger. Eve är en riktigt fin vän."

"Mamma, jag har ett minne här från dig." Lova drog upp en liten plastpåse från behån. "Det här minnet räddade mitt liv. Jag orkade varje dag. Den här lappen har jag sparat och gömt för nyfikna ögon." Hon lämnade över lappen.

Alla vuxna satt och drack te. Förvånat tog hon lappen och började läsa. Hope snyftade högt av känslor.

Trots fem år har gått kan jag fortfarande känna hur hemskt det var att åka på semester i tio dagar, utan att få ge dig en kram och säga hejdå. Jag ringde dig, men ingen svarade. Lappen lade jag på din kudde för att du inte skulle vara ledsen på mig. Jag blev arg på din pappa, därför skrev jag lappen. Er andra två kramade jag jättemycket och talade också om för er att jag älskade er."

"Läs högt", bad mormor.

"Jag läser på engelska. Till min älskade dotter, Lova. Du och dina syskon är det bästa som hänt mig. Vad som än händer i livet tänker jag alltid på er. Jag älskar dig, mamma."

"Kände du på dig vad som skulle hände?" frågade pappa häpet.

"Nej, men jag skulle ta upp om skilsmässa. Ett tag i fängelset glömde jag det för rädslan över att barnen och deras pappa var borta. Vad folk än sa svarade jag att han var perfekt. Om han var perfekt tog han bra hand om mina barn.

214

Rädslan över barnen var fruktansvärd. Chocken att bli ditsatt av narkotika drabbade mig otroligt hårt. Mamma och pappa, jag tänkte väldigt mycket på er också. Ni undrade säkert varför jag åkte på en tio dagars resa fast jag inte ville. Jag förstod det långt efteråt. Innerst inne var jag rädd för Daniel, jag försökte säga nej, men vågade inte stå på mig."

"Hemma i Sverige tog pappa min mobil. Jag blev jättearg, då slog han mig i ansiktet. Han blev värre när jag sa att jag ville vara hemma och vänta på dig. Jag tänkte springa till morfar. Pappa förstod antagligen det, han sa till mig att ingen tar hand om dina syskon. Vad som helst kan hända dem. Pappa kunde tappa bort dem. Jag gjorde allt som han sa. Du var på Kanarieöarna. Dit vi skulle åka. Jag blev så glad, men vi åkte aldrig dit. Han ljög om det också. Sedan märkte jag att han ljög när det passade honom. När vi kom till Singapore City mötte vi hans fru. Jag fattade inget. Då sa jag till henne att mina föräldrar var gifta. Hon blev arg, såg grym ut. Jag blev rädd för henne. Tydligen ville hon ha en blond blåögd son och fick Noa. Noelle och jag var inte intressanta. Pappa var snäll ibland, men mest irriterad och arg. Vi var i vägen för dem."

"Lova blev som du, mamma. Uppfostrade oss och sa att mamma skulle ha gjort si eller så."

På kvällen satt de länge uppe. Alla fick säga sitt. Den kvällen läste hon en saga för sin lille son. Med armarna om varandra råkade hon somna och sov djupt hela natten. Vaknade med ett ryck. Det var tyst. Hon gick ut till köket. Utanför köket på altanen satt allesammans. Flickorna reste sig genast och kramade sin mamma.

"Mamma, Noa sa att han hade haft den bästa natten på evigheter. Han smekte dig på armen och ditt ansikte. Han snyftade hela tiden och sa att han inte längre var rädd."

"Vi har många år att ta igen. Första tiden är en vila för oss och lära känna varandra. Alla har vi förändrats, men inget kan förändra mig som mamma. Varje dag har jag längtat efter er."

Psykologin som Hope hade plöjt igenom gällande barn hade hon nu användning för. Med en sådan pappa och dennes fru som hade förstört mycket för dem.

"Jag måste gå, Hope."

"Jag kommer, Peter." Hon följde honom ut. "Barnen är rädda. Om en dörr smäller högt ser de skrämda ut. När jag smeker dem tillåter de det, men jag känner att de vill flytta på sig. Jag har mycket att tänka på."

"Kom." Han drog in henne i sin famn och höll henne där. "Kärlek och tålamod. Trygghet och skratt. Du kommer att nå dem, men de är rädda att förlora dig igen. Okej?"

"Varför finns grymma människor? Daniel och jag har fått underbara barn. Hur kan någon bli grym mot sin familj? I omgångar har jag frågat mig vad jag har gjort för fel. Jag förstår inte."

"Inte jag heller. Fruktansvärt. Man ska känna sig trygg i sitt äktenskap. Fungerar inte förhållandet ska barnen alltid känna trygghet från föräldrarna. Hur är det med huvudet?"

"Värker till och från. Tack för att du frågade. Vad händer nu?"

"Dina föräldrar ville umgås med er och stannar en vecka till. Jag hämtar dem. Eve vill att du bor här så länge du behöver. Barnen kan gå i skolan i Dorrigo. Men du tycker inte

216

om Australien. Du kanske hellre vill åka hem till Sverige. Men då måste jag varna dig. Du kommer att få åka hit till rättegången, kanske flera gånger och behöver stanna under en längre period. Ni blir mer utsatta för de kriminella. Du väljer, Hope."

"Jag ska prata med barnen. Med tanke på att det finns mängder av djur på farmen kan de behöva landa och vi får tid att lära känna varandra. Jag är själv förvirrad. Så mycket har hänt. Alldeles för mycket. Åsa, Lisa, Hope behöver också landa och bli en person. Jag vill återigen tacka dig för allt. Får jag behålla mitt nya namn? Kan du i så fall se till att även barnen får stanna?" Han nickade. "Tack. Här är så vackert och fridfullt. En sista fråga. Vad hände med Robin och Maria?"

"Jag berättade att de hade åkt hem till Sverige. Robin arbetade under cover. En sansad och lugn man, men han är lurig. Kanske man behöver en lurig sida när man måste överleva. Maria, som du tyckte väldigt mycket om var där för två orsaker. Nummer ett var att skydda dig, två, att stöka till det för Octopus. Men hon bad om ursäkt, den sista dagen kunde hon inte skydda dig. De blev omringade och fick stora problem."

"Skydda mig?" mer förvånad kunde hon inte låta.

"Ja. Maria filmade människor som följde efter dig och hon följde dig var du än gick. Ett par gånger tappade hon bort dig. Bra betyg. När hon sov hos sin kille var det poliskollegor hon träffade, men var ute vissa nätter enbart för att bevaka andra som bevakade dig. Båda kvinnorna som bodde i er lägenhet var poliser. Den thailändska kvinnan bad om ursäkt. Den andra kvinnan från Canada arbetade även hon för Octopus. Tyvärr såg henne papper bra ut."

"Tänk att Maria skuggade mig och jag märkte inget. Vissa personer såg jag. Maria lärde mig lite judogrepp, och att inte prata hemma eller ha viktiga papper i lägenheten."

"Då har du lärt dig lite till. Du har pengar på ditt visa-kort. Passet ligger i ryggsäcken. Här är en legitimation." Peter lämnade över ett kuvert. "Kontanter är bra att ha. Visa-kort kan man söka på, men inte kontanter", nu log han.

"Tack så hemskt mycket. Även om landet Australien gör detta för att jag ska vittna vill jag tacka för allt, speciellt dig, Peter. Vilket datum är det idag?"

"Tredje oktober. Du kom till Sverige den sjunde augusti."

"Förstår du att jag är snurrig? Komma hem till Sverige var omvälvande, sedan åka tillbaka hit, därefter Singapore, och dessa dagar som jag var på segelbåten, till slut hamnade jag på hangarfartyget och hit till Eve."

Hope tog fingret vispade runt det över sitt huvud och visade att hon blev yr. Då fick hon en oväntad smekning över sin kind. Häpet tittade hon på honom. Blicken följde honom när han vinkade till de andra och gick till bilen.

Allihop kom skyndande till henne. Tillsammans stod de och vinkade adjö.

"Åsa. Nej, Hope, var det. Du har varit med om otroligt mycket. Ta det lugnt och koppla av. Bada. Sola. Undersök platserna runt området. Åk till Dorrigo. Invånarantalet är bara runt femtonhundra. Alla känner alla i princip. Det där med skolan pausar vi ifrån. Du kan fortsätta vara lärare över dina barn", sa Eve med värme i rösten.

"När man möter fina människor under sin vandring klarar man mycket. När man har barn kämpar man. Du vet själv. Det är som ett gummiband som aldrig trasas sönder mellan en vettig mor och hennes barn. I alla fall gör man så gott man kan."

Eve nickade allvarligt. Log kärleksfullt. Hon skulle gå till farmen för att hjälpa sin dotter. Barnen ville följa med henne, men frågade Hope och Eve om det passade.

"Självklart. Gå ni. I morgon följer jag med och tittar på hästarna. Idag behöver jag vila huvudet", sa hon och pekade på pannan.

"Vi hjälper till på farmen. Efteråt får vi rida på hästarna", berättade Lova och Noelle.

"Underbart." Genast vinkade hon till dem.

När barnen försvann blev det tyst. En skön tystnad. Hos Eve fick Hope tid att läka sina sår. Senare skulle hon prata med barnen om var de skulle bo. Antagligen blev det ett skyddat boende. Eve hade rätt, barnen kunde få utbildning av henne ett tag. Då hade de tid att öva sig på engelska glosor med dialekt från Australien. Ligan kommer att söka efter dem. Hon och barnen var farliga. Det var mycket på grund av henne ligan fick stora problem. Givetvis var Daniel den som förstörde för ligan. Vissa av bläckfiskens armar var numer trasiga. Många vill se henne förintad. Särskilt den blonde. De visste om Åsa, Lisa, Hope. Rättegången väntade.

Hope blundade och lät solstrålarna som blänkte i swimmingpoolen smeka ansiktet. Ett ögonkast gick till föräldrarna. De låg utslagna i var sin solstol. Pappa snarkade lätt. Långt bort ifrån hördes skratt av glädje.

För första gången på över fem år kände hon sig genuint lycklig och avkopplad. Så här kunde hon leva resten av sitt liv. Visste med sig att det alltid fanns början till något nytt. Särskilt med en väntande rättegång.

Hope sköt bort all oro och lät sig bara vara. Denna dag levde hon i nuet. Vad som hände under morgondagen var en annan dag.

Med ett leende tillät hon sig flyta bort i stillhet.